Manfred Hepperle · Der Maulwurf

Manfred Hepperle

DER MAULWURF

’s isch nix so nix, daß es it für ebbes guet wär.
E. Flasche-Sederlitz, Schwäbischer Philosoph

5. wesentlich erweiterte Auflage

ISBN 3-89089-200-0

Inhaltsverzeichnis

DU DÄPP
DES SIND DOCH
KOINE MAUL-
WURFSHÄUFE

Der Wurf

Wer hat denn da in tiefer Nacht
einen Haufen Häufen hingemacht?
Es war ein Tier, ein gar kein faules,
es war der Wurf – der Wurf des Maules.

Er wirft und wirft und wirft und wirft,
obwohl er dies ja gar nicht dürft,
es geht ihm niemals auf die Nerven,
man wird ja wohl noch werfen derfen.
Er setzt die Häufen auf das Land,
oft größer als von Menschenhand.

Ein Maulwurf schafft ganz ohne Frage,
auch unter tags nur unter Tage.
Nur nachts tritt er ans Tageslicht,
drum sieht man ihn auch wieder nicht.
Und zwischendurch muß man für morgen,
natürlich auch für Nachwuchs sorgen.

Der Würfin geht es an die Nerven,
Wurf an Wurf an Würfen werfen.
Und hat sie einmal kein Bedürfnis,
dann gibt's ein Maulwurfswurfszerwürfnis.

Ins Erdenreich mit hartem Stein,
da geht der Maulwurf nicht hinein,
nur weiches Erdgut oder Sand,
nimmt er bevorzugt in die Hand.

Das ist der Grund, daß niemand weißt,
warum der Maulwurf Maulwurf heißt.
Weil er mit seiner Krallen Kraft
und nicht mit seinem Maule schafft.

Beim Menschen findet man vermehrt,
daß es gerade umgekehrt.
An Schmidt-Schnauze habe ich gedacht,
der manches mit dem Maule macht.

Drum kann ein Maulwurf hier auf Erden
auch niemals Bundeskanzler werden.

Im Moorbad

Manche Menschen sind halt stur,
denn sie gehen nämlich nur,
wenn der Streß sie überrundet,
wenn der Körper überpfundet
und das Leben nicht mehr mundet,
die Gesundheit nichts mehr stundet,
arztverordnet in die Kur.

Doch in Baden-Baden baden
können eben nicht die meisten,
um Gebrechen abzuladen,
einen Schaden zu begraden.
Weshalb viele jetzt zum Kuren,
statt ins Bad ins Bädchen fuhren.
Das können sich die meisten leisten.

Gut, daß wir in Oberschwaben,
großstadttrubelunberührt,
die Moore vor der Haustür haben,
die manchem Flecken Anseh'n gaben,
der stolz jetzt »Bad« im Namen führt.
Manches Städtchen, moorbegnadet,
hat dann erstmals unbeschadet
selber sich gesund gebadet
und sich finanziell kuriert.

Heilung suchte in den Wässern
Pfarrer Kneipp, der Wohlbeleibte,
Um in Tonnen, Tümpeln, Fässern,
das zu lindern und zu bessern,
was sich Trinker, Raucher, Esser,
angetan mit Gabel, Messer,
weil sie nur in Kneipen kneipten.

Eine Kur ist nicht zum Spaßen.
Fieber messen,
vor und nach und hinterm Essen
und die Nässen der Kompressen
an den warmen Körper pressen.
Alles dies läßt uns vergessen,
daß die kessen Kurkomtessen
uns ganz schön zur Ader lassen.
Doch wenn wir dann zwecks kalten Güssen
früh nachts schon aus den Federn müssen,
wird dieser ganze Kurbetrieb
gesundheitlich zum Seitenhieb.

Ärzte ungern nur gestatten,
die Amouren in den Kuren.
Weshalb Gattinnen und Gatten
den in der Kur gekürten Schatten
wieder abzuschütteln hatten.
(Obschon die in der Kur Gekürten
meist kein Schattendasein führten.)

Diese Ärzte, diese sturen.
Für anzustrebende Genesung,
sei dies wirklich keine Lösung,
derart aus der Spur zu spuren.

Und bricht der Tag der Heimwärtsreise an,
ob man kuriert ist – man wird sehen.
Vielleicht war alles nur ein leerer Wahn.
Das Moor hat seine Schuldigkeit getan –
der Gast kann gehen.

Der Reißverschluß

Als man den Reißverschluß erfand,
war diese Neuerung ein Wunder.
Beim Zahnrad, welches technisch Pate stand,
da greifen gleichfalls Zähne ineinand,
nur ist dasselbe eben runder.

Ob der Erfinder des Verschlusses ahnte,
als die Idee sich über ihn ergoß,
daß dies vielhundertmannigfach gezahnte
Patent die Wege zum Erfolg sich selber bahnte
und sich die Modewelt im Nu erschloß?

Die Zeit war damals zugeknöpft bis oben,
genauso wie bis dato ihre Damen.
Sie waren plötzlich nicht mehr so verschroben,
zum Vorteil für die Männerwelt hat sich's verschoben,
als diese Schnellverschlüsse in den Handel kamen.

Der Knopf ist rund, die Zackenreihe länglich,
gefaßt auf einer schmalen Leiste.
Nicht jede Dame war für so etwas empfänglich,
weil sie die Attribute, allzuleicht vergänglich,
leicht aufmachbar zusammenschweißte.

Bei solchen Reißverschlußverschlüssen
gibt's Mißgeschicke, wie man weiß,
wenn wir sie öffnen oder schließen müssen,
daß sie uns ausgerechnet dann
verdrießen müssen,
und zwar durch einen Reißverschlußverschleiß.

Da hilft nur, ihn gleich wegzuschmeißen.
Fehlt auch ein einz'ger Zacken bloß,
hilft auch beim Reißverschluß kein Reißen,
denn wenn verbissen Zähne sich verbeißen,
ist jede Mühe ziemlich wirkungslos.

Da sehnt man sich nach jenen alten Zöpfen,
die sich nicht beugen solcherlei Gewalten,
und nach den altershergebrachten Knöpfen,
die zwar nicht modisch sind,
um auf den Busch zu klopfen,
doch in der Lage, eine Hose festzuhalten.

Die Mengenlehre

Fortschritt ja, in allen Ehren,
weil sich aber Stimmen mehren,
sich beschweren,
raten, wieder umzukehren,
um die Lehre von den Mengen
aus den Schulen zu verdrängen,
denn sie wären –
schwer zu lehren – und erklären,
von den Hirnen, von den leeren,
noch viel schwerer zu verzehren.

Denn Gehirne, diese schmalen,
wären mit normalen Zahlen
sicher leichter zu ernähren.
Und so manches kleine Kind,
bringt halt gar nichts in den Grind
und fängt deshalb an zu plären.

Bei der Lehre von den Mengen
sind nach strengen
Farb- und Formzusammenhängen,
also Breiten oder Längen,
einheitlichen Farbenklängen,
also stets in engen Zwängen,
gleich gefärbten und geformten,
also farb- und formgenormten,
anderen Teilen beizumengen.

Kommt der Bäcker mit den Wecken
und den Brezeln und den Schnecken
in den Schulhof – zum Verrecken,
denn man weiß zum guten Schluß
nicht, was man bezahlen muß.
Man kann ja nur die Mengenlehren,
nur Breiten oder Längen mehren.

Einmal eins, das kann man keins,
nicht das Große und kein Kleins.

Wenn es auch schon lange her ist,
daß ich in der Schule war,
was 2 und 2 so ungefähr ist,
ist mir trotzdem heut noch klar.

Der Zufall

Wie oft fällt einem doch im Nu
durch Zufall irgend etwas zu.
Und irgendwann ist ja uns allen,
und dies in Zufallsintervallen,
vielleicht im Zuge nach St. Gallen,
ein Fall von Zufall zugefallen.

Doch trifft ein solcher mal nicht ein,
kann das genauso Zufall sein.
Nie weiß man wann – und ist verwirrt –
Zufall zufällig fällig wird.

Zwar hängt ein Steueramtsbescheid
nicht ab von Zufallsfälligkeit.
Vorausbestimmt bis auf den Tag
wird eher er zum Schicksalsschlag.

Ein Windstoß hat mit Urgewalt
die Küchentüre zugeknallt.
Ein Zufall? Nein, nach meiner Meinung
natürlich nur Naturerscheinung.
Der Türe wird er zuerkannt,
weil sie durch Zufall offenstand.

Der Alptraum

Bei Vollmond schlof i fascht it ei,
drum due i d' Fensterläde rei.
Des hilft zwar nix, i find koi Rue,
drum mach i au no d' Vorhäng zue.

Mein letschte Traum war b'sonders schwer,
und zwar, daß e verschlofe wär,
dr halbe Morge war verbei,
weil's nämlich scho halbzehne sei.
Noi, des wär nix, wenn i so spät
etz no zum Schaffe gange dät.
Dr Wecker hot vielleicht en Macke,
etz bleib e grad no vollends flacke.

Do wache auf und merk dr Sinn,
daß i im Traum verschlofe bin,
in Wirklichkeit do bines itte,
dr Wecker hot jo gar noit g'litte,
Zeit gnue, des hot mir's jo bloß traimt,
i hon no gar no nix versaimt.

Und wieane me do drüber frai,
schlof i vor Fraid glei wieder ei.
Wo i zum zwoitemol verwach,
scheint d' Sonne strahlend übers Dach,
und auf em Wecker hone g'sea:
etz isches echt halbzehne gwea.

Koi Frühstück, u'kemmt, u'rasiert,
it auf em Klo gwea, it frisiert,
sau i drvo, so schnell e ka,
verwisch zum Glück no d' Straßebah'.

Ja sag mir bloß, was isch denn heut?
's gibt Platz zum Liege – koine Leut!
Was isch denn los, hon i en Affe,
ja goht denn heut koi Sau zum Schaffe?

Do wird mir plötzlich ebbes klar,
daß obedrei no Sonntig war.

Programmiert

Heit wird alles programmiert,
's Pläre so wieas Lache –
und vom Kalender wird diktiert,
au wenn me grad koi Luscht verspiert,
des mueß me oifach mache.

So isch doch au dr Muttertag
für Gärtner bloß en G'winn,
doch wenn e sonscht it dankschee sag
und koine Blume schenke mag,
no hot's au do koin Sinn.

Am erschte Mai isch Wandertag,
drum isch me auf de Füeß,
daß, wenn e so durch d' Gegend jag
und Hinz und Kunz grüeß Gottle sag,
i 's beinoh it vergrüeß.

S isch Allerheilige und Allerseel
Zeit von dr große Trauer,
i mach do draus au gar koin Hehl,
i ka it traure auf Befehl
ab uns'rer Friedhofsmauer.

Grabstoiner werret g'schrubbt und butzt
mit Ata und Persil,
und d'Thuya und d'Lyguster g'stutzt,
ob des em Opa no was nutzt,
do dobe im Exil?
Und d' Blumeerde wird vermischt
mit rabeschwarzem Rueß,
denn weil dr Dag so draurig ischt,
do woiß me doch als gueter Christ,
daß alles schwarz sei mueß.

An Fasnet, do wird danzt und g'lacht,
des isch kaum zum erkläre,
do wird en räate Blödsinn g'macht –
au programmiert bis spät in d' Nacht,
und mir isch grad zum pläre.

NAP

Der Landwirt

Heute milkt der Wirt des Landes,
der moderne Ökonom,
nicht mehr jede Kuh von Handes,
denn die Plage dieses Standes
sei schlimmer als im alten Rom.

In den Ställen, auf den Feldern,
wird jetzt automatisiert,
daß von investierten Geldern
in den Weiden, Wiesen, Wäldern,
sich was rentabilisiert.

Um das Milchgut zu entfernen,
respektive abzulassen,
muß man nicht mehr melken lernen,
denn es läuft aus den Zisternen
ohne selber anzufassen.

Und so geht es ohne Meutern,
ohne Muhen oder Meckern.
Kalte Hände an den Eutern
ließen die Entnahme scheitern,
einen Teil der Milch verkleckern.

Von der Automatisierung
kommt die Überproduktion,
von der Wirtschaftskarrenschmierung
Investitionenschürung.
Doch, welches Rindvieh weiß das schon?

Milch, die wir nicht selbst vermarkten,
unterkühlen, überfrosten,
nicht verbuttern und verquarkten,
oder nicht veremmentalern,
wird am Schluß den Steuerzahlern
angehängt. Er trägt die Kosten,
weil wir bei diesen Überflüssen
alles halb verschenken müssen,
und drum geht der größte Posten
hier vom Westen,
doch am besten
an den Osten.

Weinlese

Der Most, den man erst neuerlich
frisch von der Presse zog,
war leider etwas säuerlich,
zwar unverdorben bäuerlich,
sein Mostgewicht bedäuerlich-
erweise wenig wog.

Wenn ich von räser Lese les,
ist das für mich ein Trost.
Denn lieber hab ich im Gefäß
den, der das Hemd mir ins Gesäß
zieht, und mir schmeckt zum Käs,
als daß gesüßten ich besäß,
und freu mich also demgemäß
auf ein kopfwehfreies Prost.

Hopfebrocke

Kalt isch worre, Hopfe brocke,
ganz bestimmt koi leichte Sach,
Neabel, Reage in de Socke,
auf em kalte Schemel hocke,
drüber bloß e Blätterdach.

Krätte fülle, Krätte lupfa,
oigehändig, no von Hand,
auf de Kniea en nasse Rupfe,
und beim Zupfe hosch en Schnupfe,
vor de dradenksch beienand.

Zwischedurch en ganz en kloine
Mittagsschlof, des wär doch nett,
e wengele an d' Zoine loine,
bei dem Lohn, so sott me moine,
macht's dr Kohl jo au it fett.

Andrerseits däts oin au jucke,
me könnt amol e Weile lang
in Bodeseeumgegend gucke,
it bloß e Fiedle weiterrucke,
zum nächste volle Hopfestrang.

Endlich wird dr Garte lichter,
endlich sieht me wieder durch,
und des merkt me an de G'sichter,
gestern war's no dunkler, dichter,
morge kommt de vorletscht Furch.

Gott sei Dank, goht Tettnangs Hopfe
auf em Markt so prima, gell.
Koiner braucht sich lang verkopfe,
wo und wiea und wenn verklopfe,
der verkauft sich fascht von sell.

D' Hopfebrocker könnet gange,
bisch lang gnua im Kalte g'hockt,
leer sind Dräht und Hopfestange,
zwische Tettnang, Schlatt und Wange,
und 's wär Zeit, daß me efange
au mit dr Maschine brockt.

Die Uhr

Es war eine Uhr, etwas ründlich,
schlug pünktlich, also immer punkt stündlich.
Urplötzlich doch schlug sie dazwischen,
doch ließ sie sich dabei erwischen.

Ihr Besitzer nahm sie deshalb beim Kragen,
wußte nimmer, was hat's denn geschlagen.

Der Uhrmacher, der die Uhr wieder machte,
in den Uruhrzustand sie wieder brachte,
indem er sie kunstgerecht flickte,
an den Innereien zwackte und zwickte,
daß sie verläßlicher tackte und tickte.

Worauf die vom Staube entschlackte
die Stunden wieder sauber zerhackte.
Der Besitzer zum Uhrmacher sagte:
»Jetzt ist sie ja wieder intakte«. –
»Ich tat, was ich meistenfalls tue,
ich nahm nur der Unruhe die Ruhe.«

Aus diesem verständlichen Grunde
gibt die Uhr, die immer noch runde,
wie ursprünglich Kunde
nur noch, wenn sie voll ist, die Stunde.

Fliegefänger

In runde Dösle d' Flieagefänger,
hinde, vorne, voller Bäpp,
werret, wenn mes aufhängt, länger,
unde broiter, obe enger,
ähnlich wiea e Wendeltrepp.

Weil se aber, vor se hanget,
in dr Stube, überm Tisch,
sich meischt irgendwo verfanget,
merksch, vor d' Flieage an se ganget,
daß des problematisch isch.

Und denn fuchtlet me wia däppet,
juckt, wiea d' Affe auf de Bäum,
d' Kloider, d' Hoor und d' Hend verbäppet,
und statt daß mir d' Flieage neppet,
hengsch etz sell am Flieageleim.

'S isch halt gar nix, wenn me hudlet,
's isch halt nix, wenns oim pressiert,
's ganze Hemed isch verbudlet,
d' Hoseträger zammegnudlet,
daß me fascht Geduld verliert.

Kaum hocksch danne an dr Suppe,
kaum dr Löffel in dr Hand,
kommet Flieage, ganze Truppe,
und formieret sich in Gruppe
auf mei'm Suppetellerrand.

Paß no auf, euch werres geabe,
komm no her, du Lumpevieh –
au, der Bätscher war drneabe,
d' Mucke sind zwar no am Leabe,
bloß dr Teller, der isch hi.

Bei feine Leut, do macht me d' Mucke
it so primitiv kaputt,
duet mes it von Hand verdrucke,
's isch en Butler do zum gucke,
der schickt se wiea Hausierer fut.

Wird diea Flieagaplog no schlimmer,
hilft bestimmt en Flieagaspray.
Leider ganget eabe immer
Pflanze und was sonst im Zimmer
leabig isch – statt d' Flieage ei.

Altstadtsanierung

In unserer Altstadt isches etz,
's war höchste Eisebah' –
verbei mit Stahl- und Betonklötz.
Me hofft, daß e Sanierungsg'setz
mit ziemlich engem Maschenetz
no ebbes rette ka.

Verbei mit dene Glaspaläst,
des Glump wird nimme baut,
wo um sich griffe hond wiea Pest
und neipaßt hond in unser Nest
wiea Epfelbäum mit Birneäst
und 's ganze G'sicht versaut.

Diea Käschte passet gar it her,
me ka se nimme sea,
und frogesch, wer für des Malheur
verantwortlich und schuldig wär,
dr oi sait der und der sait der –
und koiner isches gwea.

Der Wildwuchs isch etz endlich rum,
me macht auf Nostalgie,
's kloinst Stoile dreht me dreimol rum,
riechts bloß e weng noch Altertum,
doch 's meischt isch halt scho hi.

Derfsch d' Haseställ und Gartehäg
it streiche, wiea de witt,
und 's Türle mit de Eiseb'schläg,
do schwätzt etz 's Bauamt mit.

D' Wangener, die waret g'witzt,
diea hond nix vergante lasse.
Diea hond ihre alte Gasse,
Mühleräder und Terrasse,
Stäffele und Stieageglender,
Wirtshausschilder, Fahrradstender,
Sprossefenster, Kirchturmzwiebel,
Wasserspeier, Staffelgiebel,
scho beizeite g'schätzt und g'schützt.

HASENSTALL

Neabestrecke

I hon neulich g'hört und g'lease,
was dr Minister Gscheidle will,
der macht it viel Feaderlease,
der nimmt glei en Eisebease,
's isch au koin Aprilscherz gwease,
's war jo Dezember, it April.

Oberschwabens Neabestrecke
von dr Deutsche Bundesbah',
dätet Koschte nimme decke,
daß me sich's halt ums Verrecke
oifach nimme leischte ka.

Witt amol noch Nieaderbieage,
Tante Sofie isch malad,
muesch halt radle oder flieage,
oder z' Fueß dr Berg naufschieage.
Bloß en Zug kasch koin meh krieage,
den versparet sich dr Staat.

S' Brieaf- und au 's Paket futfieare
macht etz nimme Bundesbah',
koine Schalter zum frankiere,
koi Paket mit Bäpp verschmiere,
Briefkäste losst me blombiere,
dei Post tragsch kinftig selber na.

Weil etz koine Züg meh ganget,
hot au Post nix meh zum due,
und am Schalter Schilder hanget,
wo d' Leut sonst Briefmarke verlanget:
»Mir hond bis auf weiteres zue!«

Wohnsch no ebbe z'hinderscht diebe,
irgendwo im Oberland,
wird dr nix meh g'schickt und g'schriebe,
kasch nimme fut, drhoim wird bliebe,
bloß dr Nochber isch no hiebe,
der hot it weit, der kommt von Hand.

Weil me aber ohne Schiene
nix meh transportiere ka,
au mit Escher-Wyss-Turbine
ka me Kundschaft it bediene,
und so kommet ebe niene
meh sottige Turbine na.

D' Schranke dond se etz verschrotte,
Kohlewäge legt me still,
und dr Rest ka au verrotte.
Vom Schrankewärter sind Klamotte
in de Händ von Mäus und Motte
und er selber tragt Zivil.

D' Fell sind uns zum Deifel g'schwomme,
bald koin Hund meh noch uns bellt,
uns hot me dr A'schluß g'nomme,
und do hilft koin Spruch, koin fromme,
kasch bloß zu dem Ergebnis komme:
etz leabet mir am Arsch dr Welt.

schlossen

Die Nebelkrähe

Der Bauer wollte früh am Morgen
so zwei, drei Morgen Ackerland,
vom Hofe linkerhand,
mit Rübensetzlingen versorgen.

Da sah er in den Nebelwolken
verschwommen dunkle Tintendolken.
Doch konnt er in den Nebelwehen,
die sich in seiner Nähe blähen,
genaueres nicht daraus ersehen.

Da plötzlich, dort, ein jähes Flehen,
vielleicht, daß heute aus Versehen
hier Krähen ihre Runde drehen.

Im Nebel krähen Nebelkrähen,
weil sie nicht durch denselben sehen.
Wär keiner da, auch keine ächzen täte,
weil jede Krähe ja die andere Krähe
in der Nähe sehe
und deshalb ja nicht krächzen täte.

Da fingen diese schwarzen Dupfen
an, auf dem Sack aus Rupfen hupfen,
an der verschnürten Schnur zu zupfen,
die Rüben, die er wollte stupfen,
aus seinem Rupfensack zu lupfen.
Um freudig dann davon zu hupfen,
um sich im Nebel zu verschlupfen.

Der Bauer hat sein Schießgewehr geladen,
doch leider traf er nur die Nebelschwaden.
Drum sind, wenn Sie einmal spazieren gehen
wo keine Nebelwehen stehen,
die Nebelkrähen –
vielleicht beim Rübenstupfen
oder Rupfensackzerrupfen –
noch zu sehen.

MF

Der Heuschreck

Laut Vererbung, Name, Stand,
ist das Heu sein Heimatland;
er bleibt im Heu auf Lebenszeit,
daher der Name Heu-slichkeit.
Selbst wenn er sich ins Stroh verirrt,
aus einem Heu- kein Strohschreck wird.

Weil einer jener Landwirtsleute
das Heu, statt gestern, heute heute,
den Wieswachs in die Gegend streute,
verspätete die Schreckensmeute.

Denn mit der Heufigkeit des Heues,
mit guter Ernte des Gestreues,
vermehrt sie ihre Hüfte lupfen
und weithin durch die Lüfte hupfen.

Doch eines Abends, eines spätes,
holt dann der Bauer sein Gemähtes,
um dieses noch vor Morgengrauen
in seiner Scheune zu verstauen.
Und freut sich über heimgebrachtes
von grünem Gras zu Heu gemachtes.

Es sitzt auf kargen Stoppeln bloß,
der Heuschreck, völlig heumahdlos.

So werden Erntezeiten jährlich
für Hüpfer dieser Art gefährlich.
Der Sprung auf einen Gabelzinken
bringt oft ein lebenlangens Hinken,
vorbei ist's mit den weiten Sprüngen,
mit heuschrecklichen Seitensprüngen.

So wäre eher zu erklären,
daß Bauern Heuschrecks Schrecken wären.

Konkurrenz

Langeweile wäre grenzenlos,
wenn alles konkurrenzenlos,
so steht denn auch auf diesem Blatt,
wozu der Mensch dieselbe hat.

In Wirtschaft, Politik, Verwaltung
dient sie dem Zweck der Selbsterhaltung.
Verdankt man doch die Existenz
mehr als sich selbst, der Konkurrenz,
die immer stichelt, drängt und treibt
und schaut, daß sie am Drücker bleibt.

Adam und Eva diesbezüglich
verweilten paradiesvergnüglich.
Wer keinen Nebenbuhler hat,
dem reicht ein dürres Feigenblatt,
braucht nicht zwecks anderlei Geschlechts
stets links zu schauen oder rechts.
Drum hat der Schöpfer dieser Welt
nur zwei Personen hergestellt.
Doch weil der Mensch sich gern vermehrt,
hat er sie selbst heraufbeschwört.

Als Unter-, Mittel-, Oberschüler
erwächst dir mancher Nebenbühler,
die immer strecken, stets sich bücken,
sich ins gemachte Licht zu rücken.
Es lohnt, wovon das Zeugnis zeugt,
wenn man sich, vor es sein muß, beugt.
Und kümmert's dich auch einen Dreck,
die Mittel heiligt stets der Zweck.

Wer glaubt, daß es mal besser wird,
im Leben draußen, oh, der irrt;
denn einen hast du im Revier
stets über oder neben dir.

Weil meistens dich dein Konkurrent
viel besser als du dich kennst, kennt,
sind diese Immerwidersacher
die eigentlichen Schrittemacher.
Wo man doch manches lassen ließe,
wär man im Leben ohne diese.
Den Schlüssel, der die Feder spannt,
hat meist ein and'rer in der Hand.

Und selbst der Obersekretär
annähernd nicht so strebsam wär,
doch sein Pendant in der Kanzlei
will mit Gewalt an ihm vorbei.
Drum hat er an den Ellenbogen
schon Ärmelschoner aufgezogen.
Dies freut, wird um die Macht gestritten,
den Brötchengeber – also Dritten.

Doch gäb's als letzte Konsequenz,
dich selber nicht als Konkurrenz –
so hätte demnach, wie ich meine,
am Ende schließlich keiner eine.

7

Der Uhu

Es war einmal ein Uhu,
der aussah, wie ich und duhu,
und er machte die Augen zuhu,
denn er legte sich zur Ruhu.

Aber es war auch eine Krähe,
und die setzte sich in die Nähe
der Straße, falls etwas geschähe,
damit sie das alles auch sehe.

Und tatsächlich, es kam eine Ente,
die gedankenvertieft war und pennte
und in ein fahrendes Auto rennte,
obwohl sie noch am Leben sein könnte.

Der Uhu erwachte und flennte,
und jetzt kriegt der Mann von der Ente
die Rente – Ende.

Die Eule

Es saß in Athen eine Eule –
auf einer antikischen Säule.

Doch zwischen den steinalten Steinen,
ernährt man nur schwerlich die Seinen,
da nützt auch kein Eulengeheule –
es heißt deshalb: Eule mit Weule.

Und weil sie am Hungertuch nagen,
kann man mit Sicherheit sagen:
falsch wärs in unseren Tagen,
nach Athen noch Eulen zu tragen.

Die Rose

Im Garten blühte eine Rose
und überm Zaun in einer Wiese,
fast weißer als der weiße Riese,
die Herbstzeitlose. –
So stand sie da im grünen Moose,
ganz ohne Hemd und ohne Hose,
und da entgegnete die Rose:
»Na, na, du Lose!«
Und weil's zur Herbstzeit war,
heißt sie jetzt Herbstzeitlose.

Die Schwalben

D'Wolke zieaget,
d'Schwalbe flieaget,
daß se no dr Aschluß krieaget,
in a wärmers Land.

Blos it haschde,
ab und zua a bißle raschde,
auf em Telegrafemaschde –
's isch no weit.

Dunde bei de Italiener
krieget ihr's bestimmt it scheener,
do wird's it so leicht,
weil se, was se so verdwischet,
fanget, schieaßet, metzged, fischet,
was do kreucht und fleucht.

Winter

E Johr isch efange ums numgucke rum,
Baure sind scho dusse beim Pflüege,
dr Nebel hengt übers Schussetal num,
und do sollsch koi Reismatheis krieage.

D'Schwalbe versammlet sich scho auf de Dräht
und wartet – und hocket auf Nodle,
e baar kommet eabe fast alleweil z'spät,
und etz sott me beigott nimme drohtle.

E Kärrele hond se em Boschdbott spendiert,
mit Vollgummiroife, zum Lenke,
wo er d'Weihnachtsboscht umenandergutschiert,
's Austrage dät en sonst saumäßig grenke.

Und gucke ins Schweizer Alpeland num,
statt de Küe lauft dr Winter durch d'Woid,
scho bald kommt er über dr Bodesee rum
und macht sich bei uns hiebe broit.

Hoffentlich erfüllt au d' Frau Holle ihr Pflicht
und duet au ihr Oberbett lupfe,
i hon nämlich lieber große Schneeflocke im G'sicht,
wiea bloß alleweil en saumäßige Schnupfe.

Die Fledermaus

Es huscht eine hungrige Fledermaus
mit staubig-gefranstem Gefleder
durch's morsche Gebälk vom Lederhaus.
Der Hunger ist groß, und man folgert daraus:
sie kommt schon deshalb unter die Räder.

Ärmer als Mäuse im Kirchengestühl,
sind die spinnwebenspannenden Spinnen,
denn – nichts im Magen, als Hungergefühl
und stark übervölkertes Webengewühl,
so gehen die Spinnen da drinnen von hinnen.

Überleben können im Lederhaus
nur die Motten und Mücken und Maden.
Die Akten – ad acta – reichen hinlänglich aus
für Kindstaufen, Hochzeiten, Leichenschmaus,
und so schafft man sich durch den Inhalt des Baus
ohne körperlichen und geistigen Schaden.

Herbstlaub

Wenn welke Blätter von den Bäumen keien,
am Straßenrand in eine Kantel purzeln,
dann spart der Baum den Saft schon für die neuen.
Und dieses tut er in den Wurzeln.

Wenn heiße Höschen immer knapper werden,
wird bald kein Blatt mehr achtlos liegen.
Adam und Eva mußten sich auf Erden
ja auch mit einem Feigenblatt begnügen.

Im Kaufhaus kann man Blätter dann erwerben,
in Esche, Ahorn, Buche, Linde, Fichte,
kann sie verschenken oder auch vererben,
vielleicht besitzt man eine nette Nichte.

Es wird bald einen Tag des Blattes geben,
und jede Predigt von Moral wird still verhallen,
und die Natur, die ändert sich dann eben,
dann wird's nicht immer Herbst sein,
wenn die Blätter fallen.

Auf der Schwäbischen Alb

Wer weiß, was wohl der Schäfer Friedhelm senior denkt?
Tagtäglich, sozusagen Tag für Tag,
wenn er leicht angeschrägt auf schiefer Schippe hängt,
die Füße, nebst dem Gutteil der Gebeine überschränkt
die Herde, lauter Schafe, durch die langen Jahre lenkt,
wenn weder er, noch Weib und Zeit ihn drängt,
was er tagtäglich, sozusagen Tag für Tag
wohl denken mag?

Ob's viel ist, was sich in sein Kleinhirn zwängt,
von oft schon ziemlich früh, bis manchmal spat,
ob sein Gedankengut an einem dünnen Faden hängt,
ob es den engen Rahmen seines Karren sprengt,
sonst wär's nicht viel, man lebt von Haus aus eingeengt
zwei mal einsachtundsiebzig im Quadrat.

Wer weiß wohl, was der Schäfer Friedhelm senior fühlt
am Freitag, Sonntag oder einem hohen Feiertage,
wenn Wind und Wetter in der weichen Wolle wühlt,
sich Lamm und Lämmchen fast
wie Schwamm und Schwämmchen fühlt,
er selbst herumsteht – über alles unterkühlt,
mit Schnaps die Kälte aus den kargen Knochen spült,
und alles ohne Klage.

Man weiß es nicht, weil man nicht fragen mag,
und weil er, weil man ihn nicht fragt, nichts sagen mag.
So ragt er ungefragt aus seiner Herde
und wartet, bis es Nacht und Mittwoch werde.

Der Hund, der Karo, hat's den seinen eingehämmert,
was fromm sein heißt,
denn wenn der Abend durch die Lämmer dämmert,
hat so ein Schaf nur dazusteh'n, als sei's belämmert,
weil er sonst dreist – sein Daseinsrecht beweist
und beißt.

Spätherbst

Wenn die Nebelschwaden ziehen,
junger Most im Fasse gärt,
und der Bauer unter Mühen
seine und der Kühe Brühen
auf die Felder fährt und leert.

Und der Nachbar gleichfalls heute,
weil sie's braucht, – die Erde jaucht,
wird die Gegend auf's erneute,
werden Luft und Land und Leute
in vertrauten Duft getaucht.

Wenn Pfarrers Hund mit kalten Pfoten
bettelnd durch die Gassen schleicht,
weil aufgrund von 10 Geboten
dieser diesem arg verflohten
weder Fleisch noch einen roten
Schübling oder sonst was reicht.

Wenn der Metzger die Gewürze
mischt – und seinen Kessel schürt,
und die jetzt noch weiße Schürze
bindet, wird bestimmt in Kürze
Jolanthe in den Darm geschnürt.

Wenn im »Adler« mancher Humpen
außerdursts getrunken wird,
Qualm von Zehnerrösslestumpen
Vorhänge zu vergilbten Lumpen
macht – mitsamt dem Adlerwirt.

Wenn es kühler wird und nasser,
Regen durch den Friedhof rinnt,
Astern bleicher blühn und blasser,
wird im Gefäß geweihtes Wasser
durch ungeweihtes stark verdünnt.

Wenn ein nagelneuer Freier
zu der reichen Bäu'rin strebt,
und besichtigt Stall und Scheuer,
und Gemächer und Gemäuer,
fängt ihr Herz natürlich Feuer,
weil ja der Alte nicht mehr lebt.

Wenn sie ziehn, die Nebelschwaden,
kann es sein, daß du was erbst –
oder du hast selbst den Schaden,
sicher ist – dann ist es Herbst.

Winterbeulen

Schau, weiße Flocken flattern durch den Äther,
es schneit, es schneit fast wie noch nie.
Im letzten Jahr schnie's auch, doch schnie
es nicht so früh – da schnie es später.

Und die Natur trägt jetzt ein weißes Kleid
wie eine jungfernreine Braut.
Meist geht es gar nicht allzulange Zeit
und alles ist versaut.

Die Äpfel von den Bäumen sind schon hunten,
und zwar im Keller – zunterscht dunten –,
als Dörrobst aufgehoben – auf der Biene doben.
Ein Teil wird flüssig – also wird er Moscht –
die Faulen werden automatisch zu Komposcht,
die sind nix mehr zum Essen oder Saufen,
drumm flaggen sie ja auch auf diesem Haufen.

Die Stangenbohnen sind jetzt auch schon hussen,
nur noch Rosenkohl ist dussen.
Auch auf den Feldern ist schon alles hinnen
und auch der Bauer ist am liebsten dinnen.
Er sitzt, um etwas auszuspannen,
am Ofen dannen.
Und auch die Nachbarsfrau ist hieben –
und nicht bei sich im Hofe dieben.

Grumbirren sind bekanntlich heuer
besonders rar – und deshalb teuer.
Drum werden auch Kartoffeln jetzt
uns nur noch selten vorgesetzt.
So gibt es täglich, das ist klar,
so eine Schüssel Kaviar.
Und auch der Hund, der kleine Fips,
kriegt jetzt nur noch Kartoffelchips.

Heuhüpfer sieht man nicht mehr hupfen,
Marktfrauen in warme Schlüpfer schlupfen,
weil sie an allen Vieren frieren,
sieht man sie jetzt ein Öfchen schüren.

Die Sonne hat den letzten Strahl verplempert,
der Klempner nicht mehr gern im Freien klempnert,
weil auch der Stift und die Gesellen
nur noch im Warmen klempnern wellen.

Die schwäbische Zeitungsfrau war eingeschneit,
drum hat sie heut – bei vielen Leut
die Zeitung nicht beizeit
hineingekeit.

Kein Grillein zirpt bei diesem Wetter,
man hört kein Schmetterlingsgeschmetter.
Und Küchenschabe, Maus und Ratz,
die suchen einen warmen Platz.
Denn wenn es kalt ist, so wie heute,
geht man nur ungern unter Leute.

Im Winter findet man bisweilen
an manchen Füßen Winterbeulen.
In diesem Fall ist zu begrüßen –
sie sprießen nicht an meinen Füßen.
Was kümmerts mich, wenn in den Socken
von Ihnen Winterbeulen hocken.

Doch wenn der Frühling durch die Lande luftet,
im März –
dann ist der Schnee – die Winterbeulen sind verduftet
und auch der Schmerz.

Alter Eiche Jugendtraums

Alter Eiche Jugendtraums
Erfüllung ist das Jahr des Baums;
man weiß, daß bisher Jahr für Jahr
kein Jahr ein Jahr des Baumes war.
Doch schließlich muß doch mal auf Erden
ein Jahr – ein Jahr des Baumes werden.

Der Mensch ist besser als sein Ruf,
weil er das Jahr des Baumes schuf.
Das Jahr der Frau, des Denkmalschutzes,
nicht bar zwar jeden Eigennutzes,
der Not gehorchend, nicht Instinkt
ist's nämlich, was ihn dazu zwingt,
weil sonst doch binnen kurzer Frist
die ganze Welt im Eimer ist.

Gut, daß sich jetzt die Jahre mehren,
Denkmäler, Frauen, Bäume ehren.
(Zwecklos, den Bäumen einzuräumen,
sich selbst dagegen aufzubäumen.)

Stehst du als Eiche ganz allein,
da hast du schnell mal was am Bein.
Der Holzknecht mit der Eisensäge
steht schneller, als du denkst, am Wege.
So kann der Blitz mit seinen grellen
und hellen Strahlen gleichfalls fällen.

Bei einem leichten Kronenwippen,
kann man schon aus den Wurzeln kippen.
Gar viele Dinge gibt's, die reichen,
so eine Eiche zu enteichen,
denn Eichenholz ist ausgezeichnet,
sich eichentlich für alles eichnet.

Alter Eiche Jugendtraums
Erfüllung ist das Jahr des Baums.
Nur deshalb ist sie – Gott sei Dank –
noch Eiche und nicht Besenschrank.

Feierobed

Vor em Häusle auf em Stieagle,
sitzt dr Nene – 's Pfeifle pafft,
und im Möschtle in seim Krieagle
zapplet engschtlich e glois Flieagle,
wo's wahrscheinlich nimme schafft.

S' Enkele – es isch e Mädle,
liegt im Wägele und schreit,
's Brüederle fahrt mit em Rädle,
's Maul verschmiert vom Schokelädle,
er kommt jo sowieso ins Bädle,
weil, es isch jo Samstig heut.

Und dr Dokter stoht am Därle,
bringt Arznei für d' Säu und Küa,
um e Härle het au 's Klärle
e Hüestle krieagt und e Kathärle,
beim e Kind und bei me Färle,
woiß me halt so ebbes niea.

D' Nane mueß no 's Trottwar kehre,
und dr Dreck kommt auf dr Mist.
Überall kasch scherre höre,
im Dörfle derf koi Staible störe,
weil doch morge Sonntig ischt.

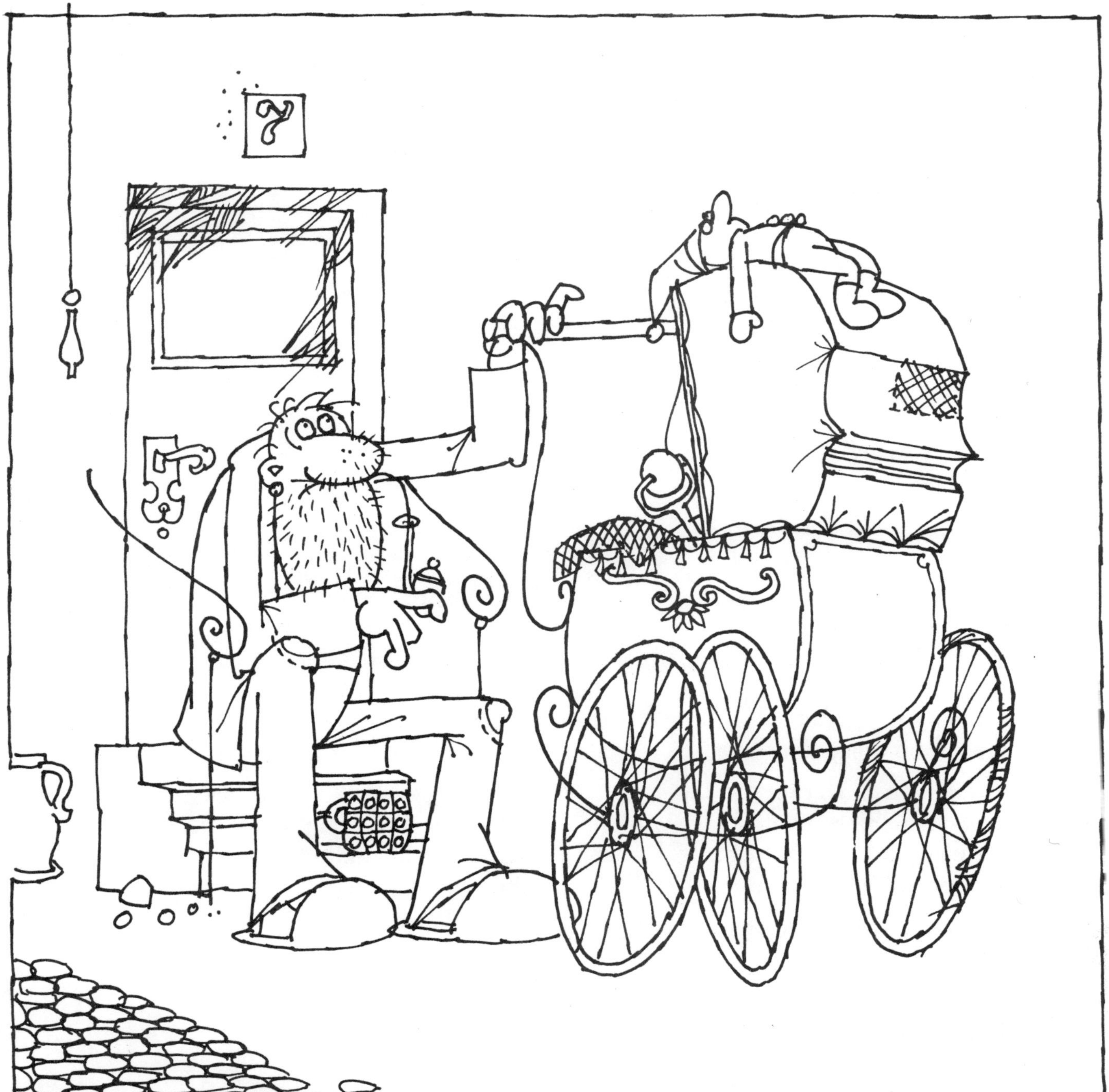
7

Reage

Wieas bloß efange Tag für Tag
bloß regne, nix wiea regne mag,
's hot geschtern g'regnet, 's regnet heit,
zu jeder Johr- und Tageszeit,
und d'Wolke hanget g'naglet voll,
weil's morge wieder regne soll.

Scho morgens, wenn dr Wecker schellt,
hosch gnua von dere nasse Welt.
Do haut dr Reagewind an d' Scheibe,
me wett am lieabste flagge bleibe.

Und auf de Ämter, in de Boize,
do dät me scho seit Samstig hoize.
Noi, do vergoht oim wirklich d' Luscht,
scho schüre, mitte im Auguscht.

I glaub halt fascht, dr Wettergott,
der bringt sein Lade nimme flott.
Und hon efange dr Verdacht,
des isch dr Russ, wo's Wetter macht.
Rakete bulvret diea in d' Höh,
scho wird bei dene 's Wetter schee.
Doch d' Reagewolke – gar it dumm –
diea schieaßt me noch Europa rum.

Von Niederschläg ganz niederg'schlage
sind d' Mensche – des schlagt auf dr Mage.
Und Gartehäg und d' Ländleszai,
diea roschtet ganz allmählich ei.

Koi Erdbeer reift, es reift koi Gmieas,
au d' Kirsche werret nimme siaß,
und Biene meget nix mehr due
und losset ihren Lade zue.
Und d' Sommerkloider hond im Schrank
statt Frühlingsduft bloß Mottegschtank.

In Garte naus kasch au it hocke,
koin Tisch, koin Stuehl, koi Bank isch trocke,
bloß Reageschirm und Reagemantel
und Reagewürmer in dr Kantel.
Vor Wuet dät is mit meine Schlappe
am lieabste nochenand verdappe.

D' Rindviecher dusse auf dr Woid
dond oim efange elend loid.
Diea glotzet vorwurfsvoll durch Dräht,
wiea wenn i 's Wetter mache dät.

Und d' Flüß und Bächle überlaufet,
's hot Wasser, daß fascht d' Fisch versaufet.
D' Flußbetter werred z'eng und z'glei,
's lauft alles naus ind' Wiese nei.

De kasch de it in d' Sonne lege,
d' Sintflut war do en Dreck dr'gege.

Am letschte Freitag hot verschmitzt
en Sonnestrahl durch d' Wolke blitzt.
Wer guete Auge hot, hot's g'sea,
des isch bestimmt dr Sommer gwea!

Maikäfer (melolóntha vulgánis)

Die Käfer, die oft schon im März
verfrüht erfreuen unser Herz,
(die meisten werden erst im Mai
so richtig munter, also high)
wird man schon bald vergeblich suchen,
im Birkengrün von alten Buchen;
es fehlt in Wald- und Straßenbaum
an Maienkäferlebensraum.

Denn hierzulande wird es stiller
um Schornsteinfeger, Kaiser, Müller.
Es scheint, in diesem Fall, vereint,
sei Gott und auch die Welt ihr Feind.

Wenn Rabenknaben Hunger haben,
kann das ihr Dasein untergraben,
so kann auch ein Vombaumestürzen
das Käferleben sehr verkürzen
und der, dem's ins Gefieder regnet,
das Zeitliche beizeiten segnet.

Es stimmt, daß sie in Schuhkartonen
nicht gern und nicht sehr lange wohnen,
und durch den Deckel, den gelöchten,
raus an die Luft des Maien möchten.
Abgas von Mopedauspufftöpfen
läßt nicht mehr viel, um Luft zu schöpfen,
denn unsere Umwelt ist versäucht,
was ja nicht Brauchtum werden bräucht.

Nur selten trifft sich noch im Jahr
bei Mondenschein ein Käferpaar,
die selten nur in Maiennächten
Nachwüchse auf die Beine brächten.
Die Aussicht, daß man was vererbt,
ist kleiner als die, daß man sterbt.

Kaum, daß es nach dem Märzen mait,
winkt hinterrücks Vergänglichkeit.
Gleich einer Monatsrettichwurz
lebt man ja nur 4 Wochen kurz.

Wenn Landwirtsleute Gift verspritzen,
in Blütenblatt und Rinderritzen,
dann wird für so ein kleines Ding
nie wieder Frühling oder Mai sein,
wird nie mehr froh sein oder high sein.
Lebenserwartung sehr gering,
was macht's? – dann bleibt man Engerling.

Bankrott

Dr Herr A. aus B., der isch etz bankrott,
scho oft hone denkt, o mein Gott, me sott
so reich sei wiea der – der hot e Vermöge,
do sind diea Buebe von Sachses gar nix dr'gege.

Immer 's Neueste, 's Teuerste, 's Beste mueß sei,
weage e baar Socke fahrt me noch Münche nei.
E Motorboot am See mit 400 PS,
e Zwoitfrau im Beiboot, daß e diea it vergeß.
(Als bewegliche Sache ka me diea zwar it pfände,
drum derf er diea weiter privat no verwende.)
Krawatte und Hemde aus indischer Seide,
und nirgends und nieane stoht der in dr Kreide.

En oigene Stall, stammbäumige Gäul –
er ka zwar it reite und hot it drweil.
E Sauna im Keller, en Raum zum sich bräune,
do loßt er sich täglich solarisch bescheine.
So groß fascht wiea siebe Sozialwohnungszimmer
isch sei Schwimmbad – er isch gar koin Schwimmer.
En Kaschmir im Auto, en Perser im Klo,
und Bilder von Picasso und Dali und so.

Wenn me soviel erreicht hot, vor allem so schnell,
derf me au emol bankrott mache. Verstandet se, gell?

Memoirenboom

Früher schrieb man die Memoiren
meistens erst in reifen Jahren,
dann, wenn die Gedächtnislücken
eben noch zu überbrücken
waren. Somit blieb es auch den alten,
grad noch lebenden Gestalten
sich diesbezüglich auszudrücken
vorbehaltlos vorbehalten.

Doch bei diesem lückenhaften
Angebot sei's zu verkraften,
von den Damen und den Herren
mehr ans Tageslicht zu zerren –
und so spürt man dann beim Lesen,
daß sie mit ungelenkem Besen
den letzten Dreck zusammenscherren.

Im Schlepptau des Memoirenbooms
rühmt mancher sich des frühen Ruhms.
Weil aber dann zumeist der Geist
auf's Nebengleis kommt und entgleist,
wählt man anstatt der Muse Kuß,
Ghostwoiters munteren Pegasus.
Weil dann der Rubel besser rubelt,
wenn man ein Doubel unterjubelt.

Nur bei markanten Bettgeschichten
kann man auf Mitarbeit verzichten.
Und deshalb liegen in den Betten
nur Originale, nicht Doubletten.

Die Prominenz von Film und Sport,
Theater, Adel, greift zum Wort,
und auch Bomber der Nation
schrieb seine Memoiren schon.
Und auch der Beckenbauer Franzl
flicht kräftig am Memoirenkranzl,
wie auch die Flickenschildt bebildert
die Flicken ihres Lebens schildert.
Sie sollten sich mit diesen Pletzen
mal geistig auseinandersetzen.

Sich regen bringt bekanntlich Segen.
Drum sind Verleger nicht verlegen,
verlegen alles unentwegt.
Bei manchem Text wär's zwar ein Segen,
er würde seines Inhalts wegen
bereits schon unverlegt verlegt.
Doch besser, man macht jetzt tam-tam,
als später in memoriam.

Der Mensch lebt nicht vom Brot allein,
da sind wir uns im Klaren.
Ins Hirn muß zwischendurch was rein,
sonst geht die Zahl der Zellen ein,
und deshalb muß man dankbar sein
für alle Memoiren.

Das Kirchlein von St. Zyprian

Es läutet das Glöcklein hinunter ins Tal,
aber niemand hört im Dorf das Gebimmel. –
Die Wege zu weit, und die Schluchten zu schmal,
und die, die es angeht – gering an der Zahl.
Drum steht das Kirchlein auch näher am Himmel.

Jahrhunderte hat sich's, Jahrzehnt um Jahrzehnt,
mit holzwurmgeschwächtem Gebälk,
der Unbill des Wetters entgegengelehnt,
nach der Pracht eines barocken Engels gesehnt,
und möchte aussehn wie die Kirche in Melk.

Als kleinste Filiale nur spärlich betreut
vom Pfarrer und vom heiligen Geiste.
Nur der Wind fährt noch manchmal durchs Glockengeläut,
das ist auch der Grund, daß es läutete heut,
aber seelsorgerisch fast völlig verwaiste.

Die Grabkreuze stehn nicht mehr in Reih und in Glied,
von verwitterten Mauern umfriedet,
unter einem befindet sich seit jeher der Schmied,
der es seinerzeit, knapp vor er in Frieden verschied,
gerade noch rechtzeitig geschmiedet.

Beat in d'r Kirch

Mein Jüngste, dr Willi, kennet ihr doch, gell?
der isch Gitarrist in dr Mühlbruckskapell.

Heut macht me sogar in dr Kirche no Tschäss,
drum gang i so gern in e heilige Meß. –
Ohne Chor, ohne Orgel und fast ohne Predigt,
von 're 3-Mann-Kapelle wird alles erledigt.

Mit Schlagzeug, Gitarre und Kammsaxophon
spielet diea drei zum Himmel mit 86 Phon.
An Weihnachte, Ostre und b'sonders an Pfingste,
do ischer beschäftigt, mein Willi, mein Jüngste.

Beat in dr Kirch, Musik macht dr Ton,
bald gibts statt dr Bitt- no e Beatprozession.

Zwei Einödler (37. Fassung)

Zwei Einödler ödelten kurz vor Weihn-
achten in die Zeit eines Winters hinein,
und so hielten sie's im einsamen Haus
in der Einöde bis kurz hinter Bonifaz aus.

Eines Tages bei Nacht ist einer entwacht,
was er im Schlafe gedacht,
hat ihn um ihn gebracht.

Er weckte den Anderen, der ebenfalls schlief,
noch gar nicht sehr lange, aber sehr intensiv.
»Was ich dir erzähle, das bleibt unter uns,
das ist nichts für Hinz
und gleich gar nicht für Kunz.«

Vorübergehend lieh ihm der Andere sein Ohr,
es war Winter und kalt und der Grund, daß er fror.
»Eine Bauernregel sagt treffend, man ödelt allein,
zu zweit kann ein Mensch niemals Einödler sein.«

»Es reicht doch, wenn einer die Zeit hier vertrödelt
und in der Öde des Eines verblödelt.«

In der Bibel, der Kain, hat ähnlich gedacht,
und sich mittels Stein zum Solchen gemacht.
Sie haben geknobelt, und dann stand es fest,
der welche von beiden die Öde verläßt.

Jetzt ödelt man einzeln gegen Wetter und Wind,
wobei einzeln beide waschechte Einödler sind.

Nachtgespenster

Es waren zwei Nachtgespenster;
die saßen tagtäglich am Fenster,
am Fenster der Waldburg mit Langeweile,
denn sie hatten in der Eile
ihr Mensch-ärgere-Dich-nicht vergessen,
drum sind die beiden Gespenster
ans Fenster der Waldburg gesessen.
Sie sprachen relativ wenig,
aus Trauer, weil der Waldburger König
1218, als es kalt war und regnete,
eigenhändig das Zeitliche segnete.
Sie gäffelten aus den Scheiben,
sich die damalige Zeit zu vertreiben,
doch es war zum Kotzen,
immer aus dem Fenster zu glotzen.

Es begann langsam zu schneien,
aber keiner heizte eien.
Ein Gespenst frierte,
weil die Burgfrau nicht schürte,
und auch das andere fror,
weil ihre Durchlaucht nicht schor.
Und dies, weil ihr Gatte
keinen Ölofen nicht hatte.
Sie froren an den Beinen
in dem hauchdünnen Leinen,
weil auch sie warme Klamotten
wie der Mensch haben sotten.

Doch in der Küche die Kaltmamsellen,
hätten sie schon gerne wärmen wellen.
Warum sind wir keine Menschen,
und haben keine Hendschen,
Hendschen für Gespenster,
die wie wir am Fenster,
am Fenster der Waldburg mit Langeweile
sitzen, weil wir in der Eile
das Mensch-ärgere-Dich-nicht vergessen,
und deshalb ans Fenster gesessen.
und schauen aus den Scheiben,
uns die Zeit zu vertreiben.
Doch es ist zum Kotzen,
immer aus dem Fenster zu glotzen.
Wenn Sie also mal auf die Waldburg wandern,
an einem Freitag oder auch einem andern,
gehen Sie doch mal zum Fenster,
da sitzen zwei Nachtgespenster
am Fenster der Waldburg mit Langeweile,
denn sie haben in der Eile
ihr Mensch-ärgere-Dich nicht vergessen.
Drum sind die beiden Gespenster
am Fenster der Waldburg gesessen.
Sie schauen aus den Scheiben;
doch daß sie hier noch etwas bleiben,
will ich die Geschichte nicht übertreiben,
die Geschichte der beiden Gespenster.
Die saßen nämlich am Fenster . . .

Erntedank

D' Ernte im Herbscht isch wieder nix gwea –
me hot's auf em Land am deutlichste gseah,
aber it z'wenig hots geabe, um dausetgottswille,
dr Bauer könnt sei ganzes Awease fülle.
D' Epfel hanget no auf em Baum in dr Krone,
aber 's dät sich jo it a'mol 's Rabhole lohne.
Zentnerweis Moschdbirre flacked rum in dr Wies –
i hons oigehendig gseah, i woiß es ganz g'wieß.
Aber gschafft hot dr Bauer und d' Bäure, dr Sohn,
und zusätzlich isch me auf Bittprozession,
und 's hot jo au g'holfe, des Bette und Bitte,
Epfel hots geabe und Zwetschge und Quitte,
denn d' Arbet auf em Feld, diea soll sich au lohne,
und viel will me ernte, drum gibt's Subventione,
und diea zahlt dr Staat und dr Staat des sind mir,
i bin it von Bonn, i ka au nix drfür.
Also wiea g'sagt, a riesige Ernte hots geabe,
und grad des war verkehrt – so isch halt im Leabe,
denn 's meischt wird vernichtet, ganz ungeniert,
au des wird vom Staat noch no subventioniert,
jo, au des zahlt dr Staat – und dr Staat des sind mir,
i bin it von Bonn, i ka au nix drfür.
Do ka oim dr Appetit an de Epfel vergange,
denn billig sind Banane, Mandarine, Orange.
Wird d' Hälfte vernichtet, noch leichtet's au ei,
muß de andr ums Doppelte teurer noch sei.
So sonderbar 's klingt – au des zahlet mir,
i bin it von Bonn, i ka au nix drfür.
Daß mir Simpel unsere Nerve do it verlieret,
wenn mr d' Epfel zum dritte Mol subventionieret,
doch für dr Transport in a armseligs Land
will niemand was zahle – und des isch a Schand.
Dusse am Bluetfreitag sieht me Bauresleut reite,
und d' Hossiana hört ma vom Münster rab läute,
me bettet und bittet, daß alles gedeiht –
und daß es it haglet, daß es rechtzeitig schneit –
und groß wird diea Ernte – und koiner hots welle –
soll i euch diea Gschicht etz nomol verzelle?
S wird halt alles so deixlet – a weng auf guet Glück,
und des ganze des hoißt me »Agrarpolitik«!

JHS
die christliche

Bienenfleiß

Der Frühling naht, der Tag erwacht,
nur in den Kästen und den Kisten,
wo in den Wabennesten Bienen nisten,
ist noch Nacht.

Was doch die Bienen für ein süßes Leben haben,
im Winter hocken sie in warmen Waben –
und wenn sie Hunger haben – laben
sie sich an jenen süßen Gaben,
die sie im Sommer selbst gesammelt haben,
in Oberschwaben.

Wo soll ein Imker sich beschweren,
wenn diese Biester alles selbst verzehren –
und in den Waben, in den leeren,
statt Honig – sich nur selbst vermehren.
Der Spruch: Zufriedene Mienen
danken es Ihnen,
stammt also nicht von den Bienen.

Die Bienenkönigin – und nicht die Drohne,
regiert – zwar oben ohne – also ohne Krone,
ein Königreich – doch das ist keine Monarchie,
denn wenn man Honig holt – bestimmt alleine sie.

Und wenn dann süße Frühlingsdüfte locken,
bleibt man nicht in den dunklen Waben hocken,
man macht sich früh schon auf die Socken –
zum Honigbrocken.

Die Wespen sind zu faul zum Honig sammeln,
die sitzen nur herum und gammeln
– es soll ja auch beim Menschen solche geben –
die nur vom Fleiß der anderen leben.

Die Bienen sind tagtäglich beim Konditor Knoll,
erfüllen dort wie toll ihr Soll, jawoll –
und stechen in den Teig ganz fürchterlich –
und machen Bienenstich.

Die fleißigste der Bienen ist die Rese –
sie schuftet täglich Tag für Tag,
denn schließlich hat sie bei Langnese
den Honigbienenlieferungsvertrag.

Wenn Sie einmal ein Honigbrötchen streichen
und eines ihrem lieben Manne reichen,
dann denkt bestimmt ihr lieber Gatte
mit einer honigsüßen Miene,
daß ein kleine, aber dufte Biene,
das Zeugs auch schon im Schnabel hatte.

Der Birnbaum

Vereinzelt stand am Wegessaum
ein Birnenbaum.
Dem Wurzelwerk kam aber
manches ins Gehege,
nebst Lehm und Stein
lag auch ein Weg im Wege.

Den Wunsch zu hegen oder anzuregen,
betreffs des Baums, den Lauf des Weges zu verlegen,
stand noch ein zweiter Weg,
der ersterem entgegenkam, entgegen.

Man nahm, wie schon so oft in unserem Land,
den Weg mit dem geringsten Widerstand,
und hat den Birnenbaum gefällt,
daß jeder Weg, der da des Weges kommt,
den Weg behält.

Und sieht, gewöhnlich reicht ein Mann mit Säge,
dann bäumt sich auch kein Baum,
geht in die Schräge.
Und schon geht jeder Weg,
der sonst dem anderen Weg im Wege läge,
aus dem Wege.

Das Viereck

Ein Viereck ist nicht automatisch
Quadrat, es ist nicht stets quadratisch.
Es kann auch sein, ganz ohne Tricks,
es ist nur Viereck. Aus. Sonst nix.

Doch ein Qudrat braucht ums Verrecken
vier Seitenlängen, die sich decken.
Und solches wird nur dann erreicht,
wenn Länge auch der Breite gleicht.

Quadrat kann also nie allein
quadratisch nur, kein Viereck sein.

Seit Adam Riese's Almanach
hat dies Gesetz zu gelten,
Vierecke gibt es tausendfach,
Quadrate nur ganz selten.

Der Fortschritt

Sind mir it sonderbare Leut,
hot d' Menschheit it en Sparre?
Denn statt de Gäul do spannt me heut,
des liegt an unserer schnelle Zeit,
dr Fortschritt vor dr Karre.

Dr Fuhrma mit dr Goiselschnur,
der treibt auf Schritt und Tritt,
und koiner merkt auf dere Tour
do gibt's koin Halt und koi Retour,
me hebt sich und fahrt mit.

Verspätung

Ein Zug, der sich verspätet hat,
ist für die Bahn kein Ruhmesblatt.
(Doch andererseits kann es auch sein,
er läuft schon mit Verfrühung ein.)

Die Reisenden mit Zeitgespür
sind alle fahrplanmäßig hier.
Nur einer, er reist in Vertretung,
hat gleichfalls wie der Zug Verspätung,
womit er, zwar grotesk, doch klar,
der Pünktlichste von allen war.

Die öffentliche Hand

Dem Bürger reicht die öffentliche Hand,
um zu kassieren nur die Hände,
und mancher Aktenband im Land
spricht bündelweise Bände.

Doch wenn's dir einmal nicht so rosig geht,
läßt sie die Hände in den Taschen.
Es sei denn, daß sich's darum dreht,
in Unschuld sie zu waschen.

Volljährigkeit

Siea wisset doch sicher, es gibt e neu's G'setz,
des gilt ab em erschte im Jänner,
mit achtzehne isch me scho volljährig etz,
und d' Mädle und d' Buebe diea werret etz plötz-
lich erwachsene Fraue und Männer.

Und trotzdem – des isch scho e komische Sach –
scho mit achtzehne g'hörsch zu de Herre,
wenne Stift bin und no e Schreinerlehr mach,
oder Schüeler – geistig und körperlich schwach
und mit Ach und mit Krach – ebbes neibring ins Dach,
und i ka scho Gemeinderat werre.

Bringt d'r Willi an Ost're sei Zeugnis dr'her,
do isch etz Gesetzgebung oige,
wenn's nix isch, des isch doch gar koi Malheur –
do machsch doch em Bappe 's Leabe it schwer,
dem brauchsch es jo gar nimme zoige.

Mei Zeugnis war früher von Fünfer versaut,
und des isch au meischtens so bliebe,
des honne me gar it zum hoimbringe traut,
dr Vatter war natürlich gar it erbaut,
no hon es halt sell unterschriebe.

Wenn er's gwißt hett, no hätt er d' Arm schier verrenkt,
dr Hosebode hätt g'staubet,
doch mit Sicherheit hot er sich domols noit denkt,
daß, wenn en Schüeler sein Servus ins Zeugnis neihengt,
daß se des amol g'setzlich erlaubet.

Heut bettlet dr Vatter: Gibs Zeugnis doch raus
und zoig deine Note dr Mamme,
und weil er en guete Tag hot, dr Klaus,
so stellt er e schriftliche Genehmigung aus:
So – diea gilt für euch boide glei zamme.

Hond mir früher amol dr Unterricht g'schwänzt,
war des immer a Riesedebatte!
's hot Fächer geabe, do hosch it so arg glänzt,
drum hot me des Unwohlsein meischtens begrenzt
auf e Klässe in Latein oder Matte.

Und d' Mamme hot denkt, du bisch wirklich malad,
macht en Wickel mit Honig und Zwiebel.
Dr Lehrer wird denke, des isch aber schad,
se schreibt em etz e Entschuldigung grad,
it gern – aber wohl oder übel.

Entschuldigung

Mein Sohn Otto mußte gestern zwecks Unwohlseins
das Bett hüten und mußte deshalb dem Unterricht
fernbleiben. Ich bitte dies wohlwollend zu entschul-
digen. Hochachtungsvollst.

Wenn's in dr heutige Zeit emme Schüeler it paßt,
und er will dr Schuelerranze it packe,
weil er dr Lehrer mitsamt em Unterricht haßt,
d' Entschuldigung wird natürlich selber verfaßt
und mer bleibt im Nest dinne flacke.

Hallo Boß!

Kann meine Schlafe heute nicht verlassen – Ehrlich.
Zieh deine Schau bis auf weiteres ohne mich ab.
Ich suche mir sowieso bald einen besseren Job –
Ehrlich. Tschau.

Wenn unser Jugend geistig so friea scho potent,
no sott me des Bild it verzerre,
no wär se alt gnua, daß se sell sage könnt,
und zwar ganz konsequent,
was se gern dätet und dend, und Interesse hend,
und ob se am End überhaupt wend
mit achtzehne volljährig werra.

Insel Mainau

Er hatte den Garten von Eden
geerbt von einer Tante aus Schweden
und begann unter ziemlichen Mühen
erst Blumenzwiebeln zu ziehen.
Mittels Mist von glücklichen Kühen
brachte er dann die Blumen zum Blühen,
hat die Insel auf Hochglanz gerichtet
– weil Adel verpflichtet.

Zuerst war's nur eine Marotte
von Lennart Graf Bernadotte,
doch es dauerte gar nicht sehr lange,
da wuchs schon die erste Orange,
das konnten seine Ahnen nicht ahnen,
auch die ersten Chiquita-Bananen,
und sogar an der gräflichen Mauer –
Zitronen – groß, aber sauer.

Weil die Natur sich ständig erneuert,
hat er seine Alte – Gemahlin gefeuert,
doch er hat jetzt schon wieder 'ne frische,
zu Neste und auch zu Tische.
– Doch keine Kritik und kein Tadel
wird von Presse und Rundfunk berichtet,
– Adel verpflichtet.

Eine Gärtnerkolonne die schuftet,
daß die Insel im Frühjahr schön duftet,
obwohl sich oftmals dazwischen
die Düfte von Touristinnen mischen.

Die Insel besteht im großen und ganzen,
aus in- und aus ausländischen Pflanzen,
man muß sie pflegen und düngen,
daß sich die Wurzeln wieder verjüngen –
und erst von den Kühen die Pfläddern,
geben Kraft in den Blüten und Blättern.

Jährlich 10000 Zwiebelchen stupfen –
sonst kann man die Fremden nicht rupfen –
das alles ist gar nicht erdichtet
– Adel verpflichtet.

Bei Grafen gibt's sotte und sotte –
und sotte, wie der Graf Bernadotte,
und bringt ihm die Bodenseeflotte
Menschen, Rotte um Rotte,
wird die Insel von der Sonne belichtet,
– Adel verpflichtet.

Man fotografiert sich vor edlen Zypressen,
und vor den Agaven, nicht zu vergessen,
und vor dem gräflichen Tore,
schwarz-weiß und Agfa-colore.
Das Schloß darf keiner betreten,
obwohl es manche gern täten,
die Tore sind alle verdichtet,
– weil Adel verpflichtet.

Wenn von all den vielen, den Fremden,
in kurzen Hosen und farbigen Hemden,
zwei Rubel ein jeder entrichtet,
daß das Geld in der Schatulle sich schichtet –
so daß der Verdacht sich verdichtet,
es stimmt nicht, was die Presse berichtet
– daß der Adel verzichtet.

Waldeinsamskeit schleicht durch den Tann,
es wähen Winterwinde,
sie wähen, bumsen dann und wann,
die Baumstammstämmchen, die herumstehn an
der rundherumen Rinde.

Der Mond schmeißt seinen fahlen Schein
mit voller Wucht gen Westen,
ins altvertraute Försterhaus hinein,
und wenn sie offenstehen, kann es sein,
in Kisten und in Kästen.

Und weil es letzte Woche schnie – und wie
und immer wieder schneite,
und fast noch fester wie noch nie,
liegt visavis und visavis von visavis
der Altschnee beinah bis zum Knie
der Tiere und der Leute.

Des Försters Frau nimmt abends Baldrian,
Tablettenform, die runden, gelben,
sonst kehrt der Schlaf nur äußerst
ungern bei ihr an.
Und weil sie das schon altersmäßig nicht
verputzen kann,
nimmt sie dieselben.

Sie trägt ein kärglich-bodenlanges Nachtgewand,
bar jeden Zierrats, ohne Schleifen oder Streifen.
Denn eines ist auch auf dem Lande stadtbekannt,
daß nur der Schlaf sie mäßig,
aber regelmäßig übermannt,
so ist das zu begreifen.

Der Forstgehilfe, den sie lange Jahre hatte,
war diesbezüglich nicht ganz hasenrein.
Der Gatte hatte ihn schon deshalb auf der Latte,
als er ihn abzuknallen suchte wie 'ne Ratte,
da ging er vorsichtshalber selber ein.

Der Förster selbst befindet sich jetzt auch im Bette,
sein weißer Bart umweht die welke Brust.
Es wackelt seine altgediente Liegelagerstätte,
weil er so schnarcht – so waidgerecht – als hätte
man eine Wildsau vor sich im August.

Der Hund schläft auch, im warmen Krätten wohlverpackt
denn er hat gut lachen:
Ein Auge hat er unjüngst zwar auf einer Jagd
verloren – und so braucht er, wie gesagt,
nur eins noch zuzumachen.

Am anderen Morgen – kurz bevor der Wecker schellt –
reißt es den Förster aus den Kissen.
Bloß weil der böse Bullenbeißer bellt und bellt,
und weil's dem Förster allzufrüh noch nicht gefällt,
kriegt der was nachgeschmissen.

Der rechte Hausschuh traf das sonst brave Tier
direkt an seinen Zinken.
Da sprach der Förster: »Eines aber rat ich dir,
wenn du mich wieder weckst – so gegen kurz vor vier –
dann schmeiß ich noch den Linken.«

Es wirkt anscheinend – wenn ein alter Hausschuh fällt,
der Waldi ist gekränkt – und sitzt bedäppert
im Eck am Ofen, wo er seinen Schnabel hält
und sicherlich jetzt nie und nimmer bellt,
bevor der Wecker schäppert.

Waldeinsamskeit schleicht durch den stillen Tann,
es wähen wilde Winde,
und ich beschließe dies Gedicht, wie es begann,
weil ich am Schluß – nicht immer – aber dann und wann,
nichts Besseres finde.

Emmental

Groß und rund und käsefahl
in die Bergwelt eingegossen,
nicht sensendünn und sichelschmal,
hängt hell der Mond im Emmental,
scheint zum Ende vom Quartal
auf die Eidgenossen.

Da, dort kommt ein Schwarm mit Emmen,
an die sechsundachtzig Stück.
Die, die die, die Löcher stemmen,
klemmen – sind die Königsemmen,
und so nehmen sich die Memmen
ausnahmsweise auch zusemmen
– und das ist ihr Glück.

Niemals ist es zu ergründen,
nicht durch höhere Instanz,
Wie Emmen rundherum die Rinden
untergraben, überwinden,
ihre Arbeitsstätte finden
und das Rindenrund bleibt ganz.

Aus den Emmentaler Tälern,
aus der kleinen Sennerei,
darf kein Käse mehr mit Fehlern.
Den Emmentalerlöcherzählern
würde das das Anseh'n schmälern,
wenn der Käse lochlos sei.

Menschen, die den ungelochten
Käse nicht gern konsumieren,
lieber den gelochten mochten,
ungelochten unterjochten,
auf mit Loch gekochten pochten,
so vermochten, daß nur der unangefochten
auf dem Markt kann existieren.

Wenn wir also Käse schlemmen,
nur die Rinde bleibt am End,
denk in Dankbarkeit an Emmen-
taler made in Switzerland.

Zundelbacher Linde

An der Lundelbacher Zinde –
an der Zindelbacher Lunde –
an der Lindelbacher Zunde
schnitt ich oft in ihre Runde.

Zundelbacher Linde

An der Zundelbacher Linde
schnitt ich oft in ihre Rinde,
sehnsuchtsvoll und herzensschwach:
Zinde – du von Lundelbach,
Lunde du von Zindelbach,
Zunde du von Lindelbach,
Linde du von Zundelbach.

Ach, hießest du statt Linde Lende,
dann hätt ich für die Zundelbacher Lende,
für die Lendelbacher Zunde,
für die Lundelbacher Zende,
ein viel ein bess'res Ende. Ende.

Pilze

Pilze gibts in diesem Jahre
eß-, genieß- und uneßbare,
in den Wäldern, auf den Wiesen
kann man diesen oft begegnen,
doch es sollte vorher regnen,
daß sie aus der Erde sprießen.

Oftmals denk ich an die dicken
Champignons, an diese Armen,
die in dunklen Kellerfarmen
nie das Licht der Welt erblicken,
außer dann, wenn wir sie pflücken.

Doch man sollte nicht vergessen –
zwar kann man sie alle essen,
bei giftigen – das sind die meisten,
kann man sich's nur einmal leisten.

FKK-Strand

Einige wenige Bazillen
und gleichviel Bakterien
fuhren gegen ihren Willen
mit Hubers in Ferien.

Ihre Besitzer, sie reisten
an einen Nacktstrand natürlich,
denn sie konnten sich's leisten,
finanziell und figürlich.

Doch Bazill und Baktere
wollten auch gerne baden
in den Wellen der Meere,
kann ja nicht schaden.

Doch in Badehosen und Hemden,
in denen sie leben,
ist nur bei Verklemmten
dazu eine Chance gegeben.

Ruetefescht

Fahne fladdred, Böller krachet,
endlich wieder Ruetefescht,
alles fieabred, Kinder lachet,
d' Metzger wurschtet, Becke bachet,
und vom Bahhof kommet Gäschd.

Und en Haufe Mensche gugget
überall am Stroßerand,
daß se Kinder faschd verdrucket,
daß se Guezle schier verschlucket,
denn wenn d' siebe Schwobe jucket,
brauchsch en guete Stand.

Manchmol spielet alle zemme,
Eschach, Vogt und Horgezell,
d' Ruete loßt sich koiner nemme,
mei – mir müeßtet uns jo schemme,
mir – von dr Musikkapell.

Vorneraus dr Fahneschwinger,
des isch doch en arme Ma,
verpfläschdred d' Hend mitsamt de Finger,
weil er sonst mit dene Dinger,
nimme länger fuchtle ka.

Jo, und ersch am Alteschieaße
hots en räada Haufe Leit,
do muesch fremde G'sichter grüeaße,
alle sottesch kenne müeaße,
noch so langer Zeit.

D' Landsknecht deffet auf den stolze
Adler etz als erschte bolze,
richtig ziele – kräftig spanne,
alles isch no annem danne,
Epfel, Zepter, Herz und Krone –
's treffe dät sich etz no lohne.

Doch der loßt halt gar nix falle,
leider goht au gar koin Wind,
hebt dr Epfel in de Kralle,
sonst hett der im große Ganze,
etz koi Fäader meh am Ranze –
und koi Kron meh auf em Grind.

Ruetewürscht und Ruetewecke,
wieas do bruzzlet in de Stend,
Metzger hond genau wiea d' Becke,
Arbet etz in alle Ecke –
und vor allem z' wenig Hend.

'S Ruetebier wird extra g'sotte,
g'nudlet voll sind alle Zelt,
Onkel, Tante, Vetter, Gotte,
d' Musik spielt, do isch was botte,
Fremde aus dr ganze Welt.

Auf re Holzbank, auf re harte,
hockt me stunde-, tageweis,
d' Sonne scheint in Bäregarte,
d' Stimmung steigt, des kasch verwarte,
wiea beim Bier dr Preis.

Und kasch oiner it verbutze,
der au di it leide ka,
brauchsch em it glei d' Flügel stutze,
d' Ruete zur Versöhnung nutze,
hock halt zuenem na.

Goischterbahne, Karusselle,
dunde auf dr Kuppelnau,
und dr Kasper mit dr Schelle,
hot no was verdiene welle,
und dr »Haut den Lukas« au.

Noch 're Woch vergrabt me d' Ruete,
's regnet meischd in d' Veitsburg nei,
manches Herz fangt a zum bluete,
weage was – me ka's vermuete –
so e Fest sott öfters sei.

Fernsehen

Mittags um fümfe wirds still auf dr Gass,
do hond unsere Kinder am Fernsehe Spaß,
e Güggele Erdnüß und e Schüssele Kaba,
so hockt diea Bagasch vor em farbige Saba.
Do kommet diea Sache vom Weste, vom Wilde,
und e Kind mueß sich heit jo au irgendwo bilde.

Dr Adam von Bonanza, dr Jo mit seim Rappe,
dr Hoss und natirlich von dene dr Babbe,
sind heit für uns doch de gröschte Idol,
it dr Brandt und dr Carter und dr Charles de Gaulle.

Doch Cartwrights, diea kennt me vom Sea und vom Höre,
als dädet se zur oigene Familie g'höre,
aber dr Onkel und Dante von bei vor Füramoos,
diea kennet unsere Kinder vom Tauffoto bloß.

S'wird g'schosse und blindret und g'stohle und g'raubt,
daß i mi oft wundre, daß do überhaupt
am Schluß oiner ibrig isch – wo zu uns sich no wendet
und sait: »Sie sahen Bonanza« – der Film ist beendet.

Desch klar, unserer Kinder, diea werret immun,
bei 25 Leiche im Westernsaloon –
es könnet aber au a baar me g'wease sei,
mein Bua ka se noit zehle – do ischer no z' klei.

In de Rocky Mountains hinter de felsige Stoi,
do pägget ses moistens – do machet ses gloi,
oin hond se auf dr Flucht von hinde no droffe
und zusätzlich isch er im Red River versoffe.

Diea Cowboys hond Schramme, do lauft bloß so 's Bluet,
in Farbe do sieht mes grad nomol so guet.
Und dr Sheriff verliert seine eiserne Nerve,
jo no, me het en ebe it aufhenge derfe.

Und sind dann am Obed diea Cowboyfilm aus,
kommt au no dr Sex etz persenlich ins Haus,
do sieht me zwoi Dame in dr Bildschirm reidanze,
diea hond außer Ohrering faschd nix am Ranze.

Du Bue – sag i – du gosch etz schleinigst ind Kischt,
woisch au, daß es scho halbe siebene ischt,
los, gang etz ins Bett – aber e bizzele g'schwind,
siesch doch, daß diea Dantene au scho auszoge sind.

Kernkraftwerke

Jede Kraftwerksstandortfrage
wird zu einem Trauerspiel,
und die Aussichten sind vage,
daß man bis zum jüngsten Tage
schon ein Ziel erreicht in Wyhl.

Jede atomare Spaltung
birgt in sich schon die Gefahr,
selbst bei größter Mühewaltung,
macht die kleinste falsche Schaltung
Folgen nicht mehr absehbar.

Energie bedeutet Leben,
doch die Ansicht überwiegt:
Einen Kurzschluß wird es geben,
weil der Strom der Ströme eben
sicher irgendwann versiegt.

Hier gerichtlich gutzuachten
ist bestimmt kein leichtes Brot.
Die auf grünes Licht gebrachten
Ampeln andere nur mißachten.
Diese sehen alles rot.

Strom in Mengen zu bereiten
ginge nur noch atomar,
doch die vielen Firmenpleiten
reduzieren schon beizeiten
den Verbrauch, er wird nicht rar.

Wird der Stromverbrauch noch steigen?
Manche meinen, er stagniert.
Soll man sich dem Fortschritt beugen
der, wie Beispiele bezeugen,
oft zu Fehlurteilen führt?

Kaum erfuhr man aus Erlassen,
Schulraumnöte sind prekär,
gibt es Räume jetzt in Massen,
um die Klassen zu erfassen.
Doch nicht genügend Schüler mehr!

Auch Carl Benz stand einst vor Hürden,
als er das Auto uns geschenkt.
Ob wir damalige Bürden
heut noch auf uns nehmen würden,
wo doch fast jeder eines lenkt?

Jeder pocht auf seine Rechte,
nutzt den Fortschritt für sich aus.
Was man wohl zuwege brächte,
wenn sich jedermann nur dächte:
Strom kommt sowieso ins Haus?

Heinrich der Löwe

Unsere Vor- und Vorvorfahren
sind noch vor, vor vielen Jahren,
weil sie Vorfahrtsvorfahrn waren,
ohne Vorfahrt vorgefahren.
Knappen, Fürsten oder Grafen,
Hohenlohe, Hohenstafen,
aus Richtung Ulm und Friedrichshafen,
um zu nächtigen, zu schlafen,
auf der Veitsburg, bei dem braven
Löwenheinrich. Und es trafen
Edelfrauen sich und Grafen,
um auf Fellen von den Schafen
teils getrennt, teils nicht, zu schlafen.

Plötzlich doch, als alle schliefen,
hörten sie, daß Rufe riefen,
schreckten aus dem Schlaf, dem tiefen,
hörten Schritte, die noch liefen,
denn der Sohn des alten Grafen
vom Geschlecht der Hohenstafen
mußte spät noch auf den Hafen.

Allerdings am andern Morgen
machte man sich große Sorgen,
daß dem Kleinen dies passierte,
der den Namen Friedrich führte.

Fast verdanken wir dem Grafen,
der so spät noch auf den Hafen
mußt, den Namen »Friedrichshafen«.

Knauzeweckebeck

I bin en Knauzeweckebeck,
mach Wecke klei und groß,
hon oftmols um halbneine scho
fascht alle Wecke los.

D' Frau Schänzle von dr Schussestroß,
genau wie ihre Ma,
diea beißet scho im Lade hin
an meine Wecke ra.

Und au dr Herr Gemeinderot
kommt pinktlich wiea e Uhr;
zwoi holt er, wenn's zur Sitzung goht,
zwoi kauft er am Retour.

Diea Wecke, wo vergrote sind
und schwärzer sind wiea d' Höll,
diea wo'ne it verkaufe ka,
diea ißt bei mir dr G'sell.

Und diea, wo koine Knäuzle hend,
des ka passiere – gell,
wo Kunde it gern kaufe wend,
iß i zum Vesper sell.

Hon i amol vom Bache gnua,
des Ofehoize dick,
mach i mein Beckerlade zue –
und kauf – was soll e anders due –
's Brot au in dr Fabrik.

Die Schussen

In den Tagen, in den jungen,
kaum in Schussenried entsprungen,
kaum als Quell hervorgequollen,
hätte man sie fassen sollen,
nicht einfach sauen lassen sollen.

Aus der kleinen, aber klaren,
allem Anschein unscheinbaren
Schussen, wird schon wenig später,
so nach zehn, zwölf Kilometer,
zwar kein Strom – doch ganz am Schluß,
doch ein Mittelklasse-Fluß.

Von den vielen Nebenflüssen,
die zu ihr ins Flußbett müssen,
hat noch keiner, wie wir wissen,
sie aus ihrem Bett geschmissen.

Dreie sind bei Niederbiegen
ganz verschwiegen
ins gemachte Bett gestiegen.
Auch bei Durlesbach die Bäche,
haben dafür eine Schwäche.

Deren Namen plötzlich fehlten,
weil sie sich mit ihr vermählten.
Wie bei jeder großen Dame
blieb auch ihr der Mädchenname.

Bald schon wird man ihre hellen
Züge des Gesichts entstellen.
Doch man kennt die Fehlerquellen,
Felchen, Rotbarsch und Forellen
können, selbst, wenn sie es wellen,
noch nicht bellen.

Und das Braun bei dieser Soße
läuft wie aus der Cola-Dose,
wie aus Kinderschülerhose,
ans Ufer bis ins Uferlose.

Abfallstoffe von Papieren,
von uns Menschen, von den Tieren,
wird sie alsbald mit sich führen
und ihr Antlitz unverzieren.

Wäre nicht den lieben Fischen
etwas anderes aufzutischen,
wenn sie nämlich so dazwischen
von den chemischen Gemischen
was erwischen,
wird ihr Lebenslicht erlischen,
in den Sand die Köpfe
stecken
und verrecken
samt den Schnecken,
auch die Kröten
gehen flöten,
und der Egel
streicht die Segel.
Mit Kind und Kegel.

Keiner möchte seine Waden,
weder krumme noch die graden,
und nicht andere Körperteile,
auch nur eine kleine Weile,
ohne körperlichen Schaden
aufzuladen, darin baden.

Früher noch, vor dreißig Jahren,
Wäscherinnen tätig waren,
war der Sommer damals trocken,
sah man diese an ihr hocken,
wuschen Hemden oder Hosen

von den Kleinen und den Großen,
und natürlich auch die Socken.

Heute wird doch von den Weibern
keine mehr an solches denken,
Socken in die Schussen henken,
um dieselben drin zu säubern.

Denn es lohnt sich keine Mühe,
in der stinkig braunen Brühe,
weil sie doch trotz bürsten, schuften,
lange in den Winden luften,
stärker noch als vorher duften.

Die Statistik

Der deutsche Mensch ist stets korrekt,
liebt keine Korrektur,
was schon von Haus aus in ihm steckt
und oftmals den Verdacht erweckt,
er sei ein bißchen stur.

Kaum noch das Licht der Welt erblickt,
erfaßt man seine Daten,
um uns, als Nummer eingerückt
und in Tabellenform gedrückt,
statistisch zu verbraten.

Im Falle der Statistik ist
er fast gar ein Genie,
ein Hauptdarsteller, kein Statist,
dem Sinn für Ordnung nie erlischt,
nie die Pedanterie.

Der letzte Dreck wird registriert,
Verzug, Verbrauch, Vererbung;
Was, wie, wo, wann, warum passiert,
was, wie, wo, wann und wem gebührt
Geburt, Gebrechen, Sterbung.

Denn Ordnung ist des Bürgers Pflicht,
sie stärkt das Staatsgefüge,
so macht man das Gewebe dicht,
daß keiner aus der Reihe bricht,
man kennt das zur Genüge.

Drum gibt es eine Datenbank,
wo keine Fakten fehlen,
und wo noch nichts im Nichts versank
und wo noch keine Zahl ertrank
in Menschenhirnkanälen.

Doch der Erfaßbarkeitsquotient
von Zahlen, Daten, Fakten,
der faktisch keine Grenzen kennt,
steht, wenn der ganze Schnee verbrennt,
defakto in den Akten.

Doch der Computer, der das frißt,
der immer Nimmersatte,
nicht die geringste Zahl vergißt,
obwohl er nie im Bilde ist,
was er gefressen hatte.

So manchem Nordlicht wäre gar
der Docht schon lang gerissen,
was scheinbar seine Meinung war,
entstammte seinem Munde zwar,
doch längst nicht seinem Wissen.

Ich schlage vor, in diesem Tun
jetzt ja nicht nachzulassen,
und alle Fakten, die immun
im Amte für Statistik ruh'n,
statistisch zu erfassen.

Der Fahrplan

Ich bin es noch, und bin es immer schon gewesen,
zu blöd, den Fahrplan eines Zuges so zu lesen,
daß ich die Koffer packen kann,
weil mit Bestimmtheit weiß,
wann einer kommt und abfährt und auf welchem Gleis.

Ein Mensch jedoch, der diesen Aushang nicht erfaßt,
hat nicht nur Züge von der Bundesbahn verpaßt.
Man lernt im Leben eben meistens nie genug,
sei's Fahrplanlesen diesbezüglich Zug um Zug.

Ich wäre froh, wenn in der Bahnhofshalle einer hängt,
der sich auf die Beschränktheit meinerseits beschränkt.
Der Oberbahnrat, der die Fahrpläne plant,
hat sich, was mich betrifft, bestimmt verahnt.
Die Stränge meines Hirns sind nicht so umfangreich,
denn Schmalspurbahnen sind nicht schienengleich.

Ich staune über Leute in zerfransten Kitteln,
die ohne Schwierigkeit den rechten Zug ermitteln,
die Bauersfrau, die fast schon auf den ersten Blick
erfaßt, wann geht ihr Zug nach Durlesbach zurück.
Den Alten, der beim Zeitungskiosk pennt,
der gar nicht reisen will,
und doch den Zug der Züge kennt.

Ich tue selbstbewußt, obwohl ich mich fast schäme
und wüßte, wann er fahrplanmäßig käme,
als sei es mir egal, wenn heut und jetzt
die Auskunftei geschlossen wäre – also unbesetzt.

Doch sinnvoll ist ein Fahrplan doch nur dann,
wenn jeder, inclusive ich, ihn lesen kann.
Ich möchte wissen, welcher Fahrgast wissen wollt,
wann auf Gleis drei ein Kohlenzug gen Süden rollt.
Personenzüge zu erfassen wäre doch genug,
man reist als Mensch bekanntlich nicht im Güterzug.
Wie wärs, wenn auf dem Fahrplan auch ein Zug entfällt
der, wo man zuzusteigen hat, erst gar nicht hält.
Der Sorgfalt bei der Bahn ist's eben nie genug,
sonst kämen Züge unverzüglich in Verzug.

So steh ich immer noch im Wartesaal kurz nach halb drei
und weiß nicht,
kommt mein Zug noch oder ist er schon vorbei.

Klein Willy

Als man Klein-Willy aus der Taufe hob,
familiengeplant, St. Jodok, Mittelschiff,
kraft Elternschaft
behutsam in die Schar der Christen schob,
war das für ihn ein überaus normaler Tag,
weil er, knapp siebenpfündig, ja noch nicht begriff
was hinter ihm, insonderheit noch vor ihm lag.

Dem Nahverwandten Willy,
        den man ihm als Paten nahm,
ein Oberstabsfeldwebel in Zivil,
weil ja kein Anderer in Betracht und Frage kam,
strahlt militärisch stramm, in disziplinem Drill,
vor allem aber, weil man auch
        den Namen Willy nahm,
und Willy – Willy Franz-Maria nennen will.

Jetzt ist Klein-Willy groß und maobibelfest,
und in die Kirche geht er nicht mehr mit.
Im Gegenteil, wobei er jeden wissen läßt,
daß eine andere Richtung er vertrete.
Sein nächster Schritt sei, daß er aus derselben tritt
und daß er künftig etwas anderes beten täte.

Genauso wie das grame Elternpaar
ist Onkel Willy – und zwar heute noch.
Ob die Erziehung schuld an allem diesem war?
Wie konnte uns Klein-Willy dergestalt mißraten?
Es gibt am Ende eben doch
noch kein Patentrezept für den potenten Paten.

Die Eintagsfliege

Wenn Eintagsfliegen
und Zweitagsfliegen
Nachwuchs kriegen,
sind das Dreitagsfliegen.
Und wenn sie die Freitags kriegen,
kann man mit Sicherheit sagen,
daß die nach drei Tagen,
schon unter der Erde liegen.

Den Zweitagsfliegen
wird zum Leben
ein Tag weniger gegeben,
falls sie nicht erstentags
am Fliegenleim kleben
und, wie so vieles auf Erden,
Eintagsfliegen werden.

Angesichts dieser Tatsache lohnt sich nichts –
nicht für Vorrat zu sorgen
oder Borkenkäfer zu borgen
oder die Haare zu stutzen
und die Flügel zu putzen
oder die Ohren
oder in der Nase zu bohren.

Momentan überwiegen
Keintagsfliegen,
denn man hat eine Ahnung
von Familienplanung
und kann sich verschwiegen
mit dem Vergnügen begnügen.

Da dachte die Dreitagsfliege
in der Wiege:
»Wie warm ich hier liege.
Soll ich mich wegen drei Tagen
aus der Wiege wagen
und dann zusammensacken?«
Sprachs – und blieb flacken.

Gevatter Unreim

Gevatter Unreim schleicht bisweilen
– vom Verseschmieden keinen Dunst –
durch meine hausgemachten Zeilen,
die er, trotz meinem langen Feilen,
oft wieder hundsgemein verhunzt.

Weil Dichter Sätze stark verbiegen,
und dies mit roher Kraft geschieht,
bis daß sie sich ins Versmaß fügen,
sich hinten reimend wieder kriegen,
spricht man von einem Reimeschmied.

Ein Dichterwerk klingt dann geschwollen,
fügt Zeile sich der Zeile nicht.
Wenn eine, wo wir gar nicht wollen,
und nicht, da wo sie hätte sollen,
an einer Sollbruchstelle bricht.

Denn Reime von Autodidakten,
sind dementsprechend laienhaft.
Dann legen Sie's doch zu den Akten,
zu den schon altpapierverpackten,
dann sind sie alsbald außer Kraft.

Denn, Pegasus neu einzureiten,
das überschritte die Potenz.
Wenn er nicht fliegt, dann soll er schreiten,
und schlägt er aus nach allen Seiten,
dann trägt er auch die Konsequenz.

Schwäbische Erfinder

Mir im Schwobeländle hunde
sind verschlosse, wiea me woiß.
Mir hond en Haufe Zeug erfunde,
sind also mit der Welt verbunde,
standet it im Abstellglois.

Und so waret's immerhin:
Düsejäger, Zeppelin,
d' Achtele und d' Zehnerstumpe,
Putz-, Polier- und Scheuerlumpe,
d' Ärmelschoner, d' Büroklammere,
Kehrwoch samt de Beasekammere,
herzhaft dicke Mehlbäppsoße,
bodelange Unterhose,
Käs- und Kraut- und Knöpflesspätzle,
Knauzewecke, Laugebrezle,
d' Fasnetsküechle, Schwartemage,
's hundertfuffzgmol dankschee sage,
Schillers Räuber, Schillers Glocke,
Kirche, – Früah- bis Spätbarocke,
Dampf- und Schupf-, Kartoffelnudle,
's kommt no meh, etz bloß it hudle,
's Spare, 's Moschte, 's Gülle führe,
's Torf- und 's Tannezapfeschüre,
's Pflichtbewußtsei, d' Prozessione,
saure Kuttle, saure Bohne,
d' Hoimetfeschter, Gülleschapfe,
Epfelküachle, Epfelkrapfe,
's auf em Fenstersimse loine,
ebbes sage – anderscht moine,
d' Ohre-, d' Kniea- und d' Ärmelschützer,
d' Blei- genau wiea d' Griffelspitzer,
Diesel- und Benzinmotore,
dr Benz isch jo bei uns gebore.
'S Träublegsälz und Komposchthäufe,
's vor de Vorgesetzte kneife,
Karthäuserklöß, dr Zwiebelkueche,
oder 's gottsmillionisch flueche.
D' Zeitung samt em Zeitungswease,
oder's Bodebirrelease!

Oins stoht fest: Es gibt au Schwobe,
dia hond it bloß zwoi linke Dobe,
diea sind im Kopf e bitzle gscheiter,
dene ihr Verstand roicht weiter,
der goht sogar an manche Tag
über dr oige Gartehag.

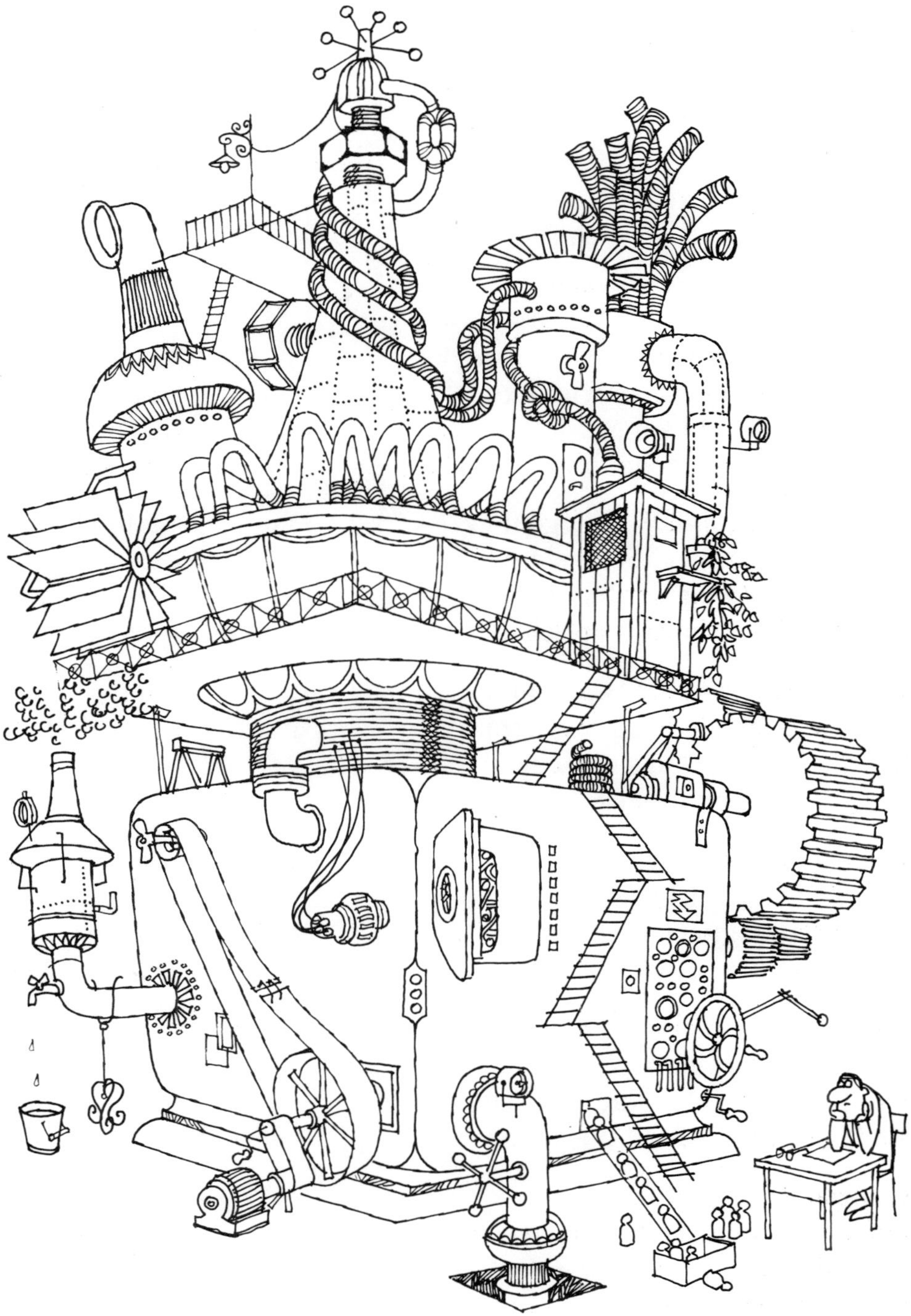

Künstlerische Kunstblumen

Daß Kunst, wie man bisweilen denkt,
sich nur auf Malerei beschränkt,
auf Literatur und auf Musik,
ist nur ein Schutzbehauptungstrick.

Kunstblumen sind Beweis genug,
daß sie auch andere Wurzeln schlug.
Ein ganzer Zweig der Industrie
macht jetzt in Kunst, – sprich in Kopie.

Das Blätterwerk, die Blütenpracht
sind täuschend ähnlich nachgemacht.
Selbst die Natur hat's manchmal schwer,
bringt's nicht naturgetreuer her.

Doch kein floristisches Geschick,
kein langgeschulter Züchterblick,
nicht Rindenmulch und Kaffeesatz
erweitern ihren Blütenschatz.

Die wasserlose, alte Vase
und schadenfrohe Auspuffgase
und Läuse, Mäuse, Küchenschaben,
sind machtlos, ihr was anzuhaben.

Ganzjährig stehen sie in Blüte,
auch wenn sich niemand um sie mühte.
Sind nicht bereit, sich zu entlauben,
wenn man vergaß sie abzustauben.

Gen's altern sind sie auch immun,
indem sie's überhaupt nicht tun.
Und ihre Jugend immer währt,
auch noch, wenn man's zum Abfall fährt.

Daß mal was blühn wird, so robust,
hat selbst der Herrgott nicht gewußt,
der nicht allein auf dem Gebiete
sich um gesundes Wachstum mühte.

Ein Dauerblütler duftet gut,
so, wie's die Insel Mainau tut,
daß beinah der Computer nießt,
wenn man von Japans Fließband fließt.

Reist in Containern, im Karton
und nicht im Eilzug-Kühlwaggon.
Weil materialermüdungsfrei,
kommt man am Zielort an wie neu.

Wenn ein Verkäufer unverblümt
Vorzüge dieser Blumen rühmt,
hat er vielleicht insofern recht,
perfekt kopiert ist auch nicht schlecht.

Selbst wer die Zukunft rosig sieht,
ahnt, was uns da noch alles blüht.
Wenn man das Jahr zweitausend schreibt,
was dann die Kunst für Blüten treibt?

Der Neujahrsempfang

Ein Jahr lang plant die Stadtverwaltung
den Ablauf der Empfangsgestaltung.
Doch ist der Sitzbedarf an Plätzen
selbst von Beamten schwer zu schätzen.
So kommt man beim Neujahrsempfängnis
fast regelmäßig in Bedrängnis.

Denn die Bestuhlung hier im Saal
entspricht nicht der Personenzahl.
'S bleibt ein Besucherüberschuß,
der notgedrungen stehen muß.
Solangs nicht Leute sind von Rang
ist dies zwar ohnerlei Belang.

Daß man gesehen werden muß
führt vielfach zum Besuchsentschluß.
Auch Freibier und der Gratiswein
sind Gründe, mit dabei zu sein.
Obwohl die Stadt in Schulden steckt
ist auch die Tafel reich gedeckt.

Den Jahresrückblick zu gestalten
bleibt einem Amtmann vorbehalten.
Den Ausblick in das Neue Jahr
nimmt der OB persönlich wahr.
Doch, ob das Städteoberhaupt
das, was er sagt auch selber glaubt
ist selbst von der erlauchten Schar
nicht ohne weiteres nachprüfbar.

So ziehn sich solcherlei Empfänge
erfahrungsmäßig in die Länge.
Ansprachen sich fast alle gleichen
weil sie Jahrhunderte bestreichen.

Adam und Ev, im Garten Eden,
sind meist der Ausgangspunkt der Reden,
die sich durchs Mittelalter winden,
um in die Gegenwart zu finden.
Um dann die unbequemen Themen
nur noch am Rande mitzunehmen.

Schön, daß ich den OB mal sehe
aus allernächster Bürgernähe.
Und auch die anderen Kommunäler.
Ein Fehlen wäre hier ein Fehler.

Nur leider ist's nicht der Moment
wo man sich Luft verschaffen könnt.
Zu feierlich ist dieser Rahmen
um Unliebsames vorzukramen.
Denn, wird man derart gut verpflegt,
der Zorn im Bauch sich klaglos legt.

Dabeizusein ist alles. Klar.
Man war dabei! Prosit Neujahr!

Die Sollbruchstelle

Ein Maurer wollte mit der Kelle
den Backstein an der Sollbruchstelle
zerkleinern, denn er war zu groß.
Er brauchte einen halben blos.

Doch traf er mit dem Kellenschwinger,
am Stein vorbei, den Mittelfinger.
Der flog davon mit großem Schlanz,
nur der gebackene Stein blieb ganz.

Da es der Maurer abversäumte,
den Finger nicht beiseite räumte,
der nach dem wohlgezielten Schlag
fast regungslos darniederlag.

Ein Doktor nähte, weil dies störte,
ihn dahin, wo er hingehörte.
Da, wo er nur auf viere zählte,
sah er sofort, wo einer fehlte.

Jeweils von links und rechts der Dritte,
da kam er hin, da ist die Mitte.
Die Hand war schon nach kurzer Zeit
geheilt und voll betriebsbereit.

Der Stein, so hat's der Maurer wollen,
hätt auseinander brechen sollen.
Statt dessen nun der Finger brach.
'S zog keine Konsequenzen nach,
weil er, so sicher wie im Schlaf,
genau die Sollbruchstelle traf.

Der Zwergenwuchs

Es wächst ein Baum in unserem Garten,
der einfach nicht so richtig wachsen will.
Er ignoriert den Humus, den wir an ihn karrten,
Hornmehl und Kuhmist, was wir um ihn scharrten.
Die Wachstumsfreudigkeit verhält sich still.

Er will nicht größer werden, s' ist zum Plären,
Ob er an einer Kinderkrankheit litt,
sich Schädlinge an seinem Wurzelwerke nähren?
Wenn diese Dinge doch zu klären wären.
Er hält beim Wachstum unsrer Kinder nicht mehr mit.

Ich hol' ihm keine Laus mehr aus den Ästen,
auch wenn er vollends existenzverkracht.
Und wenn er ignoriert wird von den Partygästen,
wenn Umweltgifte sein Geäst verpesten.
Als Christbaum kommt er sowieso nicht in Betracht.

Ich zeigte einem Gärtner diesen Schaden.
Der machte mir ein Sonderangebot.
Er sprach, ein Musterexemplar sei mir geraten,
ein Zwergenbäumchen, eins von Gottes Gnaden.
Und hatte recht, wenn er sich dachte – Du Idiot.

WIEA SOLL MA DENN DO NO DICHTA KÖNNA - WENN ALLBOTT SO EN SIMPEL DRHERKOMMT?

Die Schnapsidee

Also passet Se amol auf, ein weitläufiger Bekannter von mir hot doch a Schnapsfabrik. Offiziell hoißts Brennerei – weltbekannt im ganzen Schwarzwald.
Er hot jo früher beruflich was ganz anders gmacht. Des war blos so a Schnapsidee von ihm.
Aber 's hot naghaua – Josef Brechtle und Söhne. Er hot jo eigentlich blos oin Sohn und der isch vergrota – so sagt wenigschtens dr Alt. Weil – der isch dem Antialkoholismus verfalla und dodurch fehlet natürlich de wesentliche Voraussetzunga. 'S Talent sozusagen. Etz schmeißt dr Joschy, eigentlich hoißt er jo Josef, dr ganz Lada alloi.
Aber 's lauft oifach nimme so richtig.
Hundertprozentiges Nullwachstum.
Und auf mi hört er jo it.
Also, mein Erfindungsgeischt – noi, mein Waldhimbeergeischt – es isch so, i hon doch auf oigene Fauscht und Rechnung Waldhimbeergeischtessenzexperimente gmacht.
Siea, niemand hots glauba wella, aber's funktioniert.
Die Formel hoißt: Waldhimbeergeischt aus alte Autoroifa.
Wohlgemerkt, egal welche Roifagröße oder was für a Fabrikat oder Baujohr. Sogar runderneuerete ganget.
Und dr Qualitätsunterschied zwischa einem alta runderneuerata und einem alta unrunderneuerata isch so minimal – des dätet Siea gar it merka – a klois Nochgschmäckle, aber blos bei de erschte 6 bis 8 Gläsla.
I hol zum Beischpiel aus einem Unimog-Hinterroifa mit ca.

98000 km doba, hol i guat und gern a Achtele Essenz raus. I dät sowieso blos Roifa nehma mit einer Gesamtlaufleischtung über 40000 km. Des wär a klois Entgegakomma an den Endkonsument, weil do hot ma die Gewähr, daß die Schadschtoffe scho vorher auf dr Schtrecke blieba sind. Gucket se – en Autoroifa isch doch so viel an dr frischa Luft – oft länger wiea d'Waldhimbeera – er hot faktisch die biologischen Voraussetzungen im Bluat.
Blos Löcher sottet se koine hon, des gibt gern Blosa ins Deschtillat und do isches wiea beim Benzin – blosafrei tanka muaß gewährleischtet sei.
Aber jetz paß auf – obwohl mei Waldhimbeergeischtessenz aus Autoroifa viel, viel schtärker noch Waldhimbeeraschmeckt wiea Waldhimbeerageischt aus Waldhimbeera, isch dr alt Brechtle nicht drfür zum erwärma.
I hon scho oft zu em gsagt: »Josef, diea Scheißwaldhimbeera kasch vergessa. Dieses Geschenk der Natur isch z'kloi grota – kloiner wiea Goißabebbala, ergo viel zu lohnintensiv.«
Und der Markt isch noch nicht gesättigt – d Leut dätet no viel meh saufa. Aber mir sind saudummerweise grad in diea Noschtalgiewelle neigrota, und dr Josef ka oifach seine sentimentale Gefühle it unterdrücka – bringt der it fertig. Der moint immer no, es müaßt des in de Flascha dinna sei was außa drauf schtoht. Der isch jo no vom Wahn betüpfelt.
Selbst die Ausschlachtung der gerade noch geduldeten Mittel bringt ihn in einen Gewissenskonflikt. Dieser Mann schtoht ökologisch auf einem bedenklichen Vorkriegsniveau.

Er bringt immer wieder das Gebot drher: Du sollscht kein falsches Zeugnis geben wider Deinen Nächschten. Also genau wiea beim Reinheitsgebot vom Bier – do isch dr Druck von außa aber so groß – des verhebet mir Deutsche nimme – do isch Hopfa und Malz verlora.
Und die Mittel, die das Gesetz beim Lebensmittelgesetz – noi – also die gesetzlichen Mittel beim Lebensmittelgesetz sind jo so, – noi, paß auf – das Gesetz des Lebens müßte mit allen Mitteln dem Lebensmittelgesetz unter die Arme greifa.
Bei meine alte Autoroifa isch des optimal gelöst.
Weil die Eingliederung in den natürlichen Kreislauf auf der Wertschtoffrückgewinnungsbasis isch ein Gebot der Schtunde.
Und wenn diea viele Roifa der Umweltbelaschtung nimme anheimfallet, müßt ma au die Beseitigungsgebühra it allaweil naufdua.
Vorsichtshalber schtell i glei amol einen Abfallbeseitigungsgebührenerhöhungsgenehmigungsablehnungsantrag.
Etz kommt aber's Wesentliche.
Wenn Siea herganget und Siea ganget na und dond in en Brombeergeischt meine Himbeergeischtessenz nei, schmeckt dieser Brombeergeischt nicht mehr noch Brombeera sondern noch Himbeera. Einwandfrei.
Ja gibts denn en bessra Beweis für Qualität?
Eaba, des moin i doch au.

Kabelfernsehen

Jeder Fernsehbildabnehmer
hat's in Zukunft viel bequemer.
Magere Jahre sind vorbei.
Endlich winkt ihm das Vergnügen,
den Kanal mal vollzukriegen,
was bisher ja nicht möglich sei.

Kabel liegen schon auf Rollen,
die in unseren Garten sollen.
Noch gibt's Einführungsrabatt.
Sind wir erst mal angenabelt,
also koaxial verkabelt,
kriegen alle »Fernsehn satt«.

Durch die dicken Kabelstränge
jagt man eine Riesenmenge
an Programmen uns in's Heim.
Mancher wird in seinem Leben
fester noch am Bildschirm kleben
als ein Insekt am Fliegenleim.

In manch familiärem Leben,
wird es Mord und Totschlag geben,
bis man sich programmgeeint.
Wenn verschiedene Generationen
unter einem Dache wohnen,
dies auch unvermeidbar scheint.

Dann sitzt Vater nur zum Trotze
sonntags ganztags vor der Glotze,
konsumiert den letzten Mist,
um den Seinen zu beweisen,
und da bleibt er hart wie Eisen,
wer der Herr im Hause ist.

In den engen Kinderzimmern
wird es dann noch schlimmer flimmern.
»Ach, wie sind sie brav!«
Frankenstein und Artgenossen
geistern später unverdrossen
durch den kurzen Schlaf.

Doch gestrenge Filmkontrollen,
die bei manchen Rollen grollen,
drücken beide Augen zu.
Schließlich will man nichts riskieren,
unsere Wirtschaft muß florieren,
denn noch immer drückt der Schuh.

Ob uns nun die leichte Muse,
oder Mädchen ohne Bluse
an den Flimmerkasten bringt,
oder bei den Tagesschauen
eher sich Beschauer stauen
ist persönlichkeitsbedingt.

Wenn uns so ein Disco-Heuler,
wie ein zentnerschwerer Keuler
in die gute Stube röhrt,
liegt vielleicht darin begründet,
daß man zu sich selber findet
und das Wort zum Sonntag hört.

Oder sind es andere Themen
die uns so in Anspruch nehmen?
Diskussionen? Werbespots?
Liegt die Neue Deutsche Welle
an Beliebtheits erster Stelle,
oder gar Wildwestkomplotts?

Also gilt's, Klamottenkisten
auf ein neues durchzumisten,
wenn's nur Einschaltquoten bringt.
Um den Rest an Restbeständen
kostensparend einzublenden.
Und weil unser Geld nicht stinkt.

Ach, was soll das lange Labern
und das Wenn und auch das Abern,
weil der Fortschritt uns befällt?
Wenn sich auch Proteste türmen,
uns vom Bildschirm abzuschirmen.
Erlaubt ist alles, was gefällt.

Jeder Kasten hat ein Knöpfchen,
jeder Mensch ein (kluges) Köpfchen,
sicher merkt er irgendwann,
daß man diese Utensilien
auch zum Wohle der Familien
einwandfrei verwenden kann.

Der Schilift

Ein Interview mit dem Schiliftbetreiber
Franz Xaver Sulzberger sen.

R. Reporter
S. Sulzberger
Ort: am Schihang

R: Herr Sulzberger, Sie sind der Besitzer...

S: ...

R: Herr Sulzberger, Sie sind also der Besitzer...

S: ...

R: Herr Sulzberrrrgerrrr...

S: Hond Siea ebbes gsagt? Des müaßat Siea mir scho saga, wenn Siea ebbes saget. Mit meine Ohraschützer hör i nämlich nix. Jetzetle, wo brennts?

R: Aber Herr Sulzberger, Sie sehen doch an meiner Ausrüstung, daß ich ein Interview mit Ihnen machen will.

S: Des ka doch i it schmecka – moinet Siea, wega dem Käschtle, wo Siea am Bauch hänga hond – ho je! Unterhaltungselektronik hond heutzutag de moischte Schifahrer drbei – Walkman – Kopfhörer und so. Wisset Se, weil die winterliche Natur wirft von sich aus nicht ausreichend Erholung ab, daß ma ohne Musik auskomma dät.

R: Na gut, dann beginnen wir mal. Band läuft.
Herr Sulzberger, Sie sind also der Betreiber dieses Schilifts.

S: Also, mir persönlich saget jo nicht Schilift – sondern Schiabfahrts-Aufschtiegshilfeunternehmer.

R: Na gut, Sie sind aber der Betreiber?

S: Mitbetreiber sozusagen, gell, zamma mit meim Schwiegersohn, mit 'm Rolfe.

R: Aha.

S: Wenn aber dr Schtrom amol ausfallt bin i Oinzelbetreiber, no treibe alles von Hand, alloi, do isch mein lieber Herr Schwiegersohn nämlich z'faul drzua.

R: Ja ist denn diese Gegend überhaupt schneesicher?

S: Jo jo, aber blos manchmol. Dr Schnee isch jo in unserem Gewerbe das A und O. Nur eine schneesichere Lage liefert den gesunden Nährboden für eine gesicherte Exischtenz.

R: Das ist mir klar. Ohne Schnee kein Geschäft!

S: So isches. Johrelange Wetterbeobachtunga beschtätiget die Fauschtregel: wenig Schnee hoißt wenig Schifahrer viel Schnee hoißt viel Schifahrer, zu viel Schnee hoißt zu wenig Schifahrer.

R: Ja, das ist einleuchtend.

S: In dem Johr muaß i natürlich Schnee drzuabuttra. Ghörig, mein Lieber. Se sehets jo – überall gucket dr Boda raus.

R: Ja wie ist so etwas realisierbar?

S: Siea moinet, wiea so ebbes goht?

R: Ja.

S: Bei meim Nochber kane Schnee eitauscha.

R: Eintauschen?

S: Ha jo, gega Heu – 100 Zentner Schnee gega 10 Zentner Heu – jeweils frei Haus.

R: Man hört aber doch heute so viel von künstlichem Schnee. Haben Sie noch nie daran gedacht…

S: Des kommt nicht in Frage. I schtand voll hinter dr biologischa Lebensweise. Im Sommer kommt koin Kunschtdünger auf d Wiesa und im Winter koin künschtlicha Schnee.

R: Aha.

S: Weil die gesunde Lebensweise unserer Kundschaft ischt mir ans Herz gwachsa.

R: Sehr schön, wirklich hochinteressant.

S: I sag ihne amol ebbes – des muaß aber unter uns bleiba.

R: Das wird schwierig sein.

S: Neulich war doch oiner do, so 'n Werbefritze – der will des ganz groß rausbringa. Der erschte Biohang Europas.

R: Ja und als besondere Attraktion haben Sie ja eine Flutlichtanlage. Die hat sich sicher bestens bewährt?

S: Des ka ma saga, bei Flutlicht isch dr ganze Hang schwarz – menschenüberflutet.

R: Ja und ohne Flutlicht?

S: Ohne Flutlicht isch ziemlich Ebbe. Des wechslet ab – wiea Ebbe und Flut. Des isch ein altbewährtes Naturgesetz.

R: Haben Sie denn viele Schiunfälle zu verzeichnen?

S: 's goht. Ab und zua hauts scho amol oin auf Gosch.

R: Bitte?

S: Es fliegt schon einmal einer hinan.

R: Ist denn überhaupt ein Krankenhaus hier in der Nähe?

S: In allernächschter Nähe nicht, aber in weiterer Nähe natürlich scho. I hon scho mit meim Schwiegersohn drüber gschprocha, daß mir selber ois naschtellet – aber so wieas aussieht, wäret mir noch nicht voll belegt – vorläufig geabet mir diea Fäll jo no außer Haus – als Zulieferer sozusagen – allerdings ohne feschte Lieferverpflichtunga. Aber 's läppret sich ganz sche zamma.

R: Oh je, dort ist eine Dame ziemlich bös gestürzt – sieht gar nicht gut aus.

S: Sehet se – scho wieder a Bombagschäft beim Teufel!

R: Ich danke Ihnen für dieses aufschlußreiche Gespräch.

Der Zwergbetrieb

Also passet se amol auf, i schaff doch in einem Gartazwergbetrieb. Noi, noi, mir machet koine solche uförmige Karfenzmänner – scho no oine von dr alten Schule.
Akkord, gell! I druck dene Strebergärtles – ah, Schrebergärtlesvorschteherla Giaßkäntla und Schubkärrala in d'Hand. Eine schöne, aber verantwortungsvolle Aufgabe. Wisset se – weil der Umgang mit so kloigrotane Kreatura loßt schtändig ein nicht unüberhebliches Gefühl der menschlichen Überleagaheit aufkomma.
Des isch auf Dauer nix – i ka drhoim denn it so schnell abschalta. Blos durch des, weil mein Chef körperlich en Kopf größer isch wiea i persönlich – isch 's innerbetrüb- betriebliche soziale Gleichgewicht wieder einigermaßa ausbüglet.
Wo der den Lada übernomma hot war des no a klois Zwergbetrieble – heut isches scho an Riesazwergbetrieb, ein Bombageschäft. Mein Chef isch jo au a granatamäßige Verkaufskanon. Siea – der schwätzt wiea a Maschinagwehr. Heut simmer 30 Leut. Oisadreißg mit 'm Bopfinger.
Aber auf oimol lauft's nimme so recht.
Gucket Se – zum Beischpiel unser Modell Konrad – ein Flop. I hon des scho hundertmol gsagt: der Gsichtsausdruck isch oifach it konsumgerecht zuagschnitta – visiognomisch hoffnungslos überaltert. Und wiea der rumlauft – ausglatschte Knobelbecher – do dät a ganzes Infanterieregiment neipassa.
Und des Schürzle in Kardinal-Faulhaber-Blau hot niea so richtig naghaua. Au do hoißts: Kleider machen Leute.
Obwohl, in einer guatbürgerlicha Laubakolonie hot er die Kolonial – also die Laubakolonialherrschaft grad no behaupta könna.
Dr Professer Jokomiko hot em jetzt jo a neus Styling verpaßt.
Er sagt: der sei ein kleinbürgerlicher Schnittlauchwichtel – und 's gleiche sagt jo au sein Dolmetscher.
Do braucht ma sich it wundra, wenn unser Konrad höher gschtellte Gartatürla it aufbrocht hot. Do hot der koin Fuaß in Tür brocht.

Des isch heut ganz anderscht – zum Beischpiel dr Konsul von Lahnschtein – der hot sich 's komplette Schneewittchen noch Bolivien schicka lossa – und des isch immerhin a Achtpersonaensemble. Also die schtandesgemäßen Höhenunterschiede weret jetzt so langsam peu à peu abtraga.
Unser Lieferprogramm isch jetzt absolut zweitwohnsitzgeeignet.
Dieser Professor Jokomiko isch jo dr beschte interkontinentale Zwergakenner, einschließlich der Zwergschtaaten Monaco und Sankt Marino.
Der hot jo au de ganze Analysa aufgschtellt. Es isch so: in einem Garta ab 500 qm unumbauter Fläche rechnet ma heut pro qm ein Viertel Zwerg – wenn ma's einigermaßa bedarfsgerecht aufschtella will.
Ab einem Auftragsvoluma von 236 Mark netto liefret mir natürlich einen maßgeschneiderta Schtellplan. Maßschtab 1:10.
Unser Bonefaz – des isch der mit 'm Schubkärrale, der hoißt jetzt Goldy – der Goldjunge für gehobene Ansprüche.
Der sieht nimme aus wiea a Lumpaladi, wiea a schlampige Altgammler-Miniaturausgabe. De wesentliche Körpertoil sind do vergoldet. Die Disharmonierung mit vergoldete Swimmingpool-Auslaufschtutza isch endgültig abgschtellt.
Mein Chef hot jo sein Wohnwaga versilbret, daß er a oigene Vergolderei aufmacha ka.
Also im Zuge der Entzwergisierung – diea sind heut alle rund ca. 18% größer wiea vormals – isch der Gesundschrumpfung – wiea solle saga – ein glückliches Ende beschieda. Gell!

Dr Leichaschmaus

Wo isch denn blos mei blaugschtroifte Krawatt? 'S isch oifach vom Übel, wenn's Weib it drhoim isch. Diea hot auf a Leich müaßa. Tante Alwine isch doch gschtorba, fascht überraschend, ka ma saga.
Was sei muaß muaß sei, i moin, daß ma sich do seha loßt. Zu dem karierta Kittel kane drzuana diea dipfelet Krawatt fascht it azieaga. Obwohl, der Asager von der Abendschau hot geschtern au so en unmöglicha Aufzug ghett. Wiea diea oft rumlaufet!
Jo, jo, schnell isch ganga mit dr Tante Alwine – wiea aus heiterem Himmel. Ja no, in dem Alter! Se war scho an dr Währungsreform nimme de Jüngscht. Altersmäßig ka ma do niemand meh en Vorwurf macha. S'isch ra sicher it leicht gfalla, so lebensluschtig wiea diea war.
Obwohl, bei dem Wetter versäumt se nix.
G'erbt hommer jo sicher wieder amol koin Nachthafa. Mir hond no niea was g'erbt. Do sind mir erblich vorbelaschtet. Viel ka jo au nimme do sei.
I hon oft gsagt: diea isch jo it ganz g'scheit, wemma s Geld so verdummet. Se war jo scho in dr Jugend kein Kind der Traurigkeit. Verpflichtunga hättet mir also it für fünf Pfennig. So gseha hätts groicht, wenn ois in Rosakranz wär. Vollkomma.
Drum wärs ganz guat, wenn se no leaba dät, no dät se amol mit oigene Auga seha, daß mir it nochtragend sind. Mir nicht.
Wo isch denn blos diea Krawatt?
Überall dabbet ma auf Mottakugla. Wenn doch au d'Leut rechtzeitig Todesazoiga verschicka dätet – daß ma Trauerkloider vorher no auslüfta könnt.
Noi, immer auf dr letschte Drücker!
Wenne gwißt het, ob dr Onkel Bobby au zur Leich goht, hette mirs nomol anderscht überlegt.
Aber etz hone scho em Alfons zuagsagt, daß e zua seim Polterobed komm. I däts meiner Frau gönna, wenn dr Bobby do isch – no wird it alles so toternscht.
Die Gefahr isch nämlich groß. Derf blos d Schtiafschwester vom

Sepp do sei. Diea hot doch seinerzeit beim Leichaschmaus vom Henke in d Leberschpätzlasupp neipläret – s'war oim grad peinlich. Rotz und Wasser! Und wer will des beurteila, obs echt war?
I bin blos gschpannt, ob unsere liebe Tante no a Fässle Bier locker gmacht hot – ob's des wenigschtens no groicht hot – i moin, zeitlich. Charakterlich isches natürlich nicht die feine englische Art, wenn ma d'Erba so abserviert.
In jungen Jahren hot se it schpara müaßa und schpäter hot ses nimme könna – dicke Zigarra graucht und gviertelet – des lauft eaba ins Geld. Nur Schpätlese – de schpätescht, wo se auftrieba hot. Oft scho morgens! Aber des muaß ma saga, se hot au ihre guate Seita ghet.
Diea isch oim niea läschtig gfalla. Daß se gschrieba hett oder so.
Etz gange halt ohne Krawatt. Des wird sicher schtinklangweilig bei dem Polterobed.
I wär vielleicht doch besser auf d Leich.
Ja no, i sag immer, ma ka it auf zwoi Hochzeita gleichzeitig tanza.

Bregenzer Feschtschpiele

Also passet se amol auf – i war doch letscht Woch bei de Bregenzer Feschtschpiele. Mit 'm Wetter hone schwer Glück g'het, mein Lieber.
Weil, wenns regnet, findet die Schlacht im Saale schtatt. No geabet se irgend was anders.
'S Wetter isch eaba die Kehrseite von jedem Frischluft – ah Freilufttheater. Zweifelhafte Naturelemente werfet dene immer wieder Prügel zwische d'Füaß. Reaga, Hagel oder Blitz und Donner, Fische, Motorboote oder Wind und Wella.
Ebbes isch immer botta.
Drum hond se a Klausel eibaut, daß das blaue Auge gesichert isch – also daß se finanziell mindeschtens mit einem blaue Aug drvokommet. Und wenns Krotta haglet.
Es isch so, wenns dr erschte Akt scho verhaglet – wenns also do scho regnet, krieagt ma 's Eitrittsgeld freiwillig zrück. Wenn se aber dr erschte Akt halbwegs trocka über Bühne bringet und 's regnet erscht im zwoita, kasch Deine Devisa in Kamin schreiba.
Feierobed!
Aber selbscht wenn dr Wind mit Schturmschtärke – noi, halt, umkehrt – selbscht wenn dr Schturm mit Windschtärke acht drherkommt, losset se sich nicht aus'm Konzept bringa. Der Betrachter hot natürlich it arg viel drvo, weils dr ganze Kunschtgenuß noch Konschtanz numjagt.
Ab Windschtärke vier könnet se gesanglich kaum meh drgega aschtinka. So a schmalbrüschtigs Sopränle, dem wo de hohe Tön scho in dr Badwanna absaufet, hots natürlich bsonders schwer.
Siea müßet sich des so vorschtella:
Die Seebühne isch a Art künschtliche, vorgelagerte Insel.
Und es isch a ganz große Kunscht, daß der Gesang und die Begleitmusik gleichzeitig auf'm Feschtland eitreffet.
A Drama könnt ma do gar it geaba.
Don Carlos oder Zwölf Uhr Mittags oder so – weil sich die Lichtgeschwindigkeit und die Schallgeschwindigkeit immer ins Gehege kommet.

Dr Schall isch oifach z'lahm.
A'gnomma, es wird oiner verschossa – was jo in einem Drama durchaus drin isch – hauts den programmgemäß auf der Boda – er fliegt auf die Bretter, wo die Welt bedeuten und noch geraumer Zeit – also wenn der scho a Weile hi isch, kommt erscht der Knall. Lächerlich! Er müßte also warta bis dr Schall au akomma isch und erscht denn 's Zeitliche segna. Aber do wär die Realischtik ziemlich angeknabbert.
Oder, was se au niea ganz wegbringet, daß diea Pappadeckelkulissa wacklet – und des druckt eaba schwer auf die Illusion.
I hon en ganz guata Platz ghet. Vor allem preiswert. Neunundzwanzigvorderschte – reschpektive zwoithinterschte Reihe. Also ganz hinda doba.
Siea – und ein erschtklassiges Publikum! Des hoißt, kennt hone eigentlich niemand, 's war jo scho kuahnacht – aber vom Beifall her – einwandfrei. Absolut korrekt! Internationale Spitzenklasse!

Der Zigeunerbaron hots ghoißa vom Franz-Josef – von Johann Strauß jun. Des isch eigentlich koi typisches Süßwasser – ah Seewasserschauschpiel. Wiea zum Beischpiel: Eine Nacht in Venedig. Weil Venedig bringt scho von Haus aus prima Voraussetzunga mit.
Durch die venezianische Kanalisation – also die Kanäle – do lauft jo 's Meer kreuz und quer in dr Schtadt umanander – des sich jo scho in Natura ein Bombengag.
Aber ma ka jo it jedes Johr Eine Nacht in Venedig drherbringa.

Der Original-Zigeunerbaron isch jo in dr Puschta drhoim, Ungarn oder so, und do isch weit und broit koi Wasser. Joo, dr Plattensee – aber der isch unschiffbar – und s'Nächschte wär denn scho wieder d'Wolga.
Mit anderen Worten: der Zigeunerbaron wäre ohne einen Kubik Wasser durchführbar.
Verschiedene Dinge weret in Bregenz eaba mehr oder weniger schtillschweigend umfunktioniert.
Angenommen – es käme laut Drehbuch ein Hochadliger – Graf

oder Zar oder so – hoch zu Roß auf em Fuaßweag – do wär ma jetzt auf em Holzweag, wenn ma moine dät, er kommt in Bregenz auf em Fuaßweag – er nimmt den Seeweag.
Den setzt ma oifach in a Bootle nei und loßt en herruadra. Fertig isch die Laube. Des hoißt ma künschtlerische Freizügigkeit.
Wenn dr See scho amol do isch, will men künschtlerisch voll ausschöpfa. Aber sonscht sind se jo durchweg naturell blieba.
Lebendig Goißböck – Sauen und Ziegen, Hennen – also Hühner und Hähne. Wirklich erschtklassige Besetzung. Scho des alloi wär's Geld wert. Wo sieht ma denn heut no so viele Haustiere in freier Wildbahn?
Aber durch die Mitschpielung dieser Naturleabeweasa fallet ganze Schwärm Original-Vorarlberger-Schtechmücka ei – wo vermutlich blos so mitduand – ohne feschtes Engagement.
Die neue Uferpromenade isch natürlich ein idealer Nischtplatz für Kleinleabeweasa. Und des viele Licht und diea viele Fremde – des lockt 's Ungeziefer scharaweis a. Des isch reiner Honigseim für dene ihra Mentalität.
Weil die Damen der schtinkfoinen Gesellschaft – wenn diea so ebba naganget, rieachet diea oft so beschtechlich – fascht schtrenger wiea sortenreiner Tannenwipfelhonig aus'm obera Hochschwarzwald. Des Uziefer – diese Sauviecher – des isch nachweislich's Läschtigschte an dr ganza Aufführung.
Siea – diea Künschtler könnet schtreckaweis blos oihändig schpiela, weil se mit dr andra Hand rumfuchtlet und d Flieaga himacha müaßet. Inhaltlich isch des Schtück jo absolut ok. Eigentlich fascht z'schad für a Operette.
Ma ka saga, diese tiefschürfende Liebesverquickunga sind scho fascht opernreif. Joo, und wiea oft hone diea Melodiea scho im Radio ghört! I hon blos niea gwißt, wo se naghöret.
Etz gucke diea Musik mit ganz andere Auga a.
»Mein idealer Lebenszweck – weck – weck – ist Sauerkraut und Schweinespeck« und denn: »Fischerin vom Bodensee, isch eine schöne Maid juchhee.«
Mein Neabasitzer hot jo behauptet, des käm voma Schtroßacafe von Lindau rüber, die Fischerin dät gar it neighöra.

Neipaßt hots amol prima. I hon jedes Wort verschtanda.
Und denn singt der wieder: »In meinem ganzen Lager ist auch nicht eine mager.« Des isch en Blödsinn, weil ihm schtändig so a magere langzogene Achtzehnrippasau zwischa de Füaß rumwatschlet.
Aber des war eigentlich 's Oinzige, was dramaturgisch it so ganz sauber war. Gucket se, die Eßgewohnheita hond sich doch im Laufe von Jahrmillionen und de letschte fünfazwanzg Johr grundlegend gänderet.
Wer will denn heut no a fetts Kotlett? Des isch de meischte Leut doch viel zu – ah, viel zu – fett.
Warum singt er nicht: »In meiner ganzen Schtätte, isch auch nicht eine Fette?«
Des wär aktuell.
So könnt ma doch ohne weiteres unterschwellig die Problematik der heutigen Zeit neiwurschtla.
Aber, se honds scho so eischtudiert, jetzt weret ses vermutlich nimme ändra, gell.

Der Geheimnisträger

Hier die wesentlichen Ausschnitte eines Selbstgesprächs, das zwischen Herrn E. aus L. und Herrn W. aus R. in der Wirtschaft »Zur frohen Einkehr« in F. in angetrunkenem Zustande zustande kam.

Willi – Wiiilllliiii! Also Willi – du bisch die einzige, lebende Person, wo ich Dir etwas anvertraue. Schtreng vertraulich! Hinter verschlossenen Augen. Hinter vier Augen. – Du kennsch doch einen Menschen – also einen namens Hartmut. Hartmut A. Müller, Sederlitz.
Nicht? So aha!
Schpielt keine Rolle – schpielt absolut keine Rolle. Der Sohn von einer – von meiner Tante Martha aus erschtbeschter – aus allerbeschter – allererschter Ehe. Macht doch dieser Hartmut eine inner- außerpolitische – eine außergewöhnliche politische Karriere.
Hundertprosentig!
Nix glernt. Nichts gelernt.
17 Jahre lang schtudiert – immer nur schtudiert.
Nichts gelernt, ohne mit der Wimper su sucken. Mein Lieber!
Kein Tropfen Alkohol – keinen Schnaps, Sigaretten – keine Weiber – unverantwortlich Willi – Wiilliii.
Ein Arsch vom Scheitel bis zur Sohle.

Fräulein, dasselbe noch einmal.
Prosit Willi – Willliii!
Und jetzt ein Geheimniskrämer – Geheimnisträger allererschten Ranges.
Der ist ein Aufrüschtungsbeab- ein Abrüschtungsbeauftragter.
Bleibt aber unter uns – Willi – keine Silbe.
Kennt jede Mittelschtreckenschtratege – jede Atombombe in Oscht und Wescht – in Süd und – dings.
Hundertprosentig. Mein lieber Scholli.
Ein Geheimniskrämer aus dem ff.

Schteht Tag und Nacht unter Denkmalschutz – Natur – unter Personenschutz. Als politische Korifere.
Wenn von den Großkopfeten einer eine Atombombe loslaßt – nur eine – der krieagt vom Hartmut eine auf den Deckel – da wachst kein Gras mehr. – Nichts! Ohne Rücksicht auf Verluschte.
Hundertprosentig.
Der macht jeden progresspflichtig.
Bei der kleinschten Kleinigkeit.
Du kennscht doch den Schneidermeischter Kehrle?
Nicht! So, aha. Schpielt keine Rolle.
Schpielt absolut keine Rolle.
Genau so sieht der Hartmut aus, unscheinbar – äußerlich absolut unscheinbar! Persönlich siehst Du ihm nichts an – hundertprosentig!
Nix gelernt. Nichts gelernt, nur schtudiert.
Schpricht sieben Schprachen – alles flüßig – ohne Akzent – durch die Bank hochdeutsch – ohne Dolmetscher.
Der Hartmut schteht unter völliger Humanität. Mein lieber Scholli. Der hat einen Autobahn – einen Auffahr – einen Autoauffahrunfall verursacht – 5000 Mark Personalschaden – nichts zu machen – vollkommen human.
Der muß nicht einmal den Führerschein zeigen. Nicht der Hartmut!
Erschter Anwärter fürs Bundesverdienschtkreuz – allererschter Klasse der Bundesrepublik Deutschland.
Wenn der Hartmut nicht wäre – wär Deutschland am Arsche des Propheten.
Hundertprosentig.
Mensch Willi – armes Deutschland.
Willi – Wiiillliii!

Die Mutter väterlicherseits

A: Herr Groß – Siea wohnet doch bei Föhrenbergers im Haus – Siea könntet mir doch sicher...

G: Noi, noi, Föhrabergers wohnet bei mir im Haus – im erschta Schtock.

A: Desch jo egal, auf jeden Fall kennet Siea diea Leut.

G: Jo sicher, diea hone scho kennt, vor se bei mir im Haus gwohnt hond. Noit so guat wiea jetzt, aber immerhin guat gnuag.

A: Eaba – diea möcht i gern zu meim 50. Geburtstag eilada mit de Eltra und de Schwiegereltra – i hon do gewisse Verpflichtunga, weil dr jüngschte von Föhrabergers – 's Robertle macht meiner Frau immer Ausgäng.

G: 'S Robertle, desch no dr Bescht von alle.

A: Eaba! Siea kennet doch diea Leut. Kommet diea aus mitanander? Wisset Se, 's isch weaga dr Sitzordnung. I wills halt so zammasetza, also ausanandersetza, daß se zammapasset.

G: Es ist so – die Mutter väterlicherseits und der Vater väterlicherseits hond mit der Mutter mütterlicherseits koi so a guats Verhältnis. Während der Vater mütterlicherseits im Verhältnis zum Verhältnis zur Mutter und zum Vater väterlicherseits zur Mutter mütterlicherseits, mit der Mutter väterlicherseits a prima Verhältnis hot.
Nicht aber mit dem Vater väterlicherseits. Des isch jo oft komisch, daß einerseits dr Herr Föhraberger – also dr Vater vom Robertle mit dem Vater väterlicherseits, also seinem Vater, verhältnismäßig a schlechts Verhältnis hot, aber andererseits die Frau Föhrenberger mit dem Vater väterlicherseits, also mit dem Vater vom Vater vom Robertle guat auskommt.

A: Aha – so isch des.

G: Der Vater mütterlicherseits isch dr Umgänglichschte. Der kommt it blos mit dr Mutter väterlicherseits guat aus, sondern au mit dr Mutter mütterlicherseits – also mit seiner Frau. Und mit dr Tochter und ihrem Ma.
I dät also den Vater und die Mutter in d'Mitte setza – links drvo die Mutter väterlicherseits und den Vater mütterlicherseits. Und rechts drvo den Vater väterlicherseits und die Mutter mütterlicherseits – und zwischa diea zwoi – s Robertle.

A: Aha – so isch des.

G: Wisset Se – wenn de Alt no leaba dät – also – wenn die Urgroßmutter vom Robertle no an ihrem Leaba wär – no wärs beschissen – no könntet se blos herganga und die Mutter vom Vater väterlicherseits noi, noi – do wär eigentlich gar nichts zu machen – do bräuchtet ses gar it eilada.